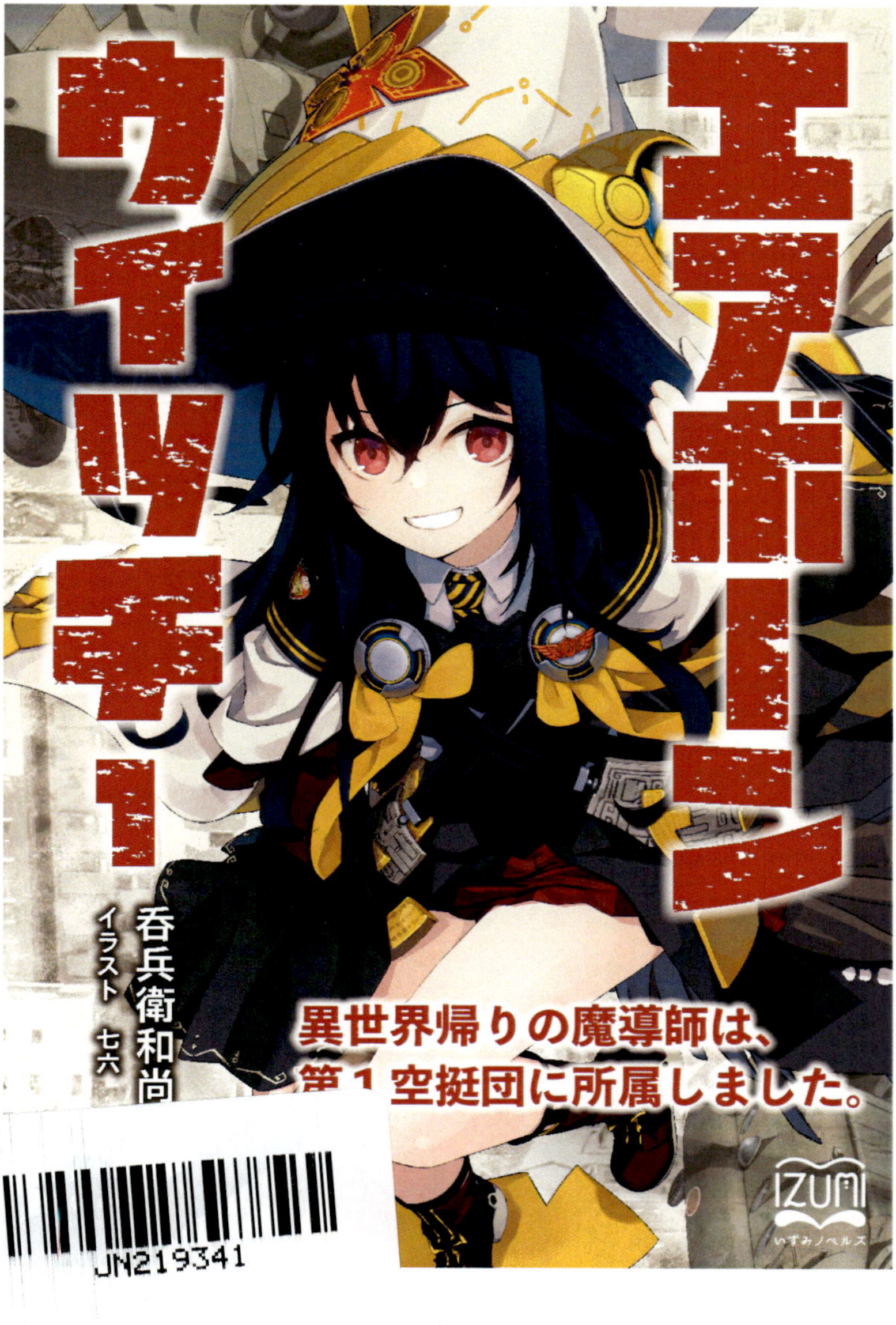
エアボーン
ウイッチ
1
呑兵衛和尚
イラスト　七六
異世界帰りの魔導師は、
第1空挺団に所属しました。
IZUMI
いずみノベルズ

登場人物紹介

如月弥生

「私は、空を飛びたいから第1空挺団に入隊しました」

異世界アルムフレイアから帰還した、元女子高生。異世界では『七織の魔導師』として勇者と共に活躍、魔王を討伐して三年ぶりに日本へ帰還した。のち、異邦人として国際異邦人機関に登録されると、『空を好き勝手に飛びたい』という理由で陸上自衛隊第1空挺団に入隊した。

現在の階級は、陸上自衛隊第1空挺団魔導編隊所属の3曹であるが、昇進したくない病にかかっている。

スティーブ・ギャレット

「祖国アメリカのために……って柄じゃないんですけれどねぇ」

異世界アルムフレイアから帰還した、アメリカの元ひきこもり。地球上に存在するどの生命体よりも強固な肉体を持ち、超人的な力を振るうことができる。また、闘気《オーラ》という生体エネルギーを実体化し、それを武器や防具に付与することで、通常の二十倍から百倍ほどの性能を発揮させることができるようになった。

現在はアメリカ海兵隊所属の異邦人として活動中。実直剛健、気のいい兄貴分というところである。

ヨハンナ・イオニス。

「神は申されました……貴方の罪を、罰しなさいと」

異世界アルムフレイアから帰還した、バチカン市国の修道女。異世界で創造神《ゲネシス》と接触し、神の加護を授かった女性。小さな怪我から不治の病まで、いかなる病気・ケガを癒す現代の聖女である。

清廉にして潔癖、そして慈愛に満ちた聖女。間違いを許さず、それでいて罪を憎み、人を憎まず。

幾つもの国を訪れては、多くの人々に神の奇跡を施している、慈愛溢れる女性であるという。

スマングル・バコタ

「仲間の命は俺が守る、以上だ」

異世界アルムフレイアから帰還した、ナイジェリアの麻薬取締官。スティーブ・ギャレットと対を成す超人であり、スティーブが技術面においての最強ならば、スマングルは力においての最強である。

また、様々な動物と意思を通わせることができ、その能力を駆使して『カインジ湖国立公園』にて密猟者たちから動物たちを守っている。自然の守護者という呼び名がふさわしい、無口な男性である。

沢渡塔矢

「お待ちください、この私に全てお任せください……たまには信じてくださいよ!!」

国際異邦人機関・日本事務局責任者。如月弥生と日本国政府を繋ぐための交渉担当官でもあり、如月弥生と日本政府の板挟み状態で、胃薬を欠かせない苦労人である。

畠山貞保

「まあ、日本政府との交渉は私に任せておきなさい、いいね?」

如月3曹が配属されている北部方面隊札幌駐屯地司令。階級は陸将であり、如月3曹の良き理解者の一人。

小笠原祥子

「如月3曹、また口調が砕けすぎていますよ」

北部方面隊札幌駐屯地・第1空挺団魔導編隊事務官。階級は1尉であり、如月3曹の直属の上官の一人。

なお、彼女にはこのあと、悲劇……喜劇が待ち受けているという。

近藤勇一郎

「……あとは任せる、君の最適解を信じることにする」

陸上自衛隊習志野駐屯地基地司令、兼第1空挺団長。階級は陸将補、如月3曹の直属の上官の一人。魔導編隊は未だ部隊としての体裁が取れていないため、随時、彼の指示により即応魔導編隊が組まれている。

如月弥生

「私は、空を飛びたいから
第1空挺団に入隊しました。」

自衛官モード

儀礼用装備モード

エアボーン・ウイッチ①

異世界帰りの魔導師は、第1空挺団に所属しました

呑兵衛和尚　著

イラスト　七六

大魔導師の帰還～First Mission～

前略。

今から三年前、私は交通事故に巻き込まれて、異世界へと旅立ちました。

私が訪れた国の名前は、オードリーウェスト王国。

異世界アルムフレイアにあるユグドヘイム大陸、その北方にある辺境国です。

そのオードリーウェスト王国のさらに北方、大陸を縦断するように聳える霊峰ステラエルドの向こうには、魔族によって統治されているガスタルド帝国という巨大な国家が存在していました。

私はオードリーウェスト王国の宮廷魔導師たちの手により召喚され、ガスタルド帝国皇帝である魔王アンドレスと戦い、世界を魔の手から救わなくてはならなくなってしまったのです。

幸いなことに地球から召喚されたのは私一人でなく、勇者と聖女、重騎士と呼ばれる人たちが魔法陣の中で狼狽しつつ、現実をどうにか受け入れようと必死に考えているのがわかりました。

私も召喚された勇者として、この戦いに赴かなくては……嫌だなぁ。

一女子高生に、どうして戦いに赴けというのか、私には理解出来ませんよ。

でも、神様との約束ですから、仕方がないのですけれどね。


………

……

…


「ここはどこだ、俺はどうして、こんなところにいるんだ‼」

「……むう。私は任務で港にいたはずだが。ここは麻薬の取引場所ではないのだな？」

「はぁ。神の声が届いたかと思いましたら、まさかこのような場所に召喚されるなんて思ってもいませんでしたわ」

三人の男女がそう呟きつつ、私の方をじっと見ています。

「君は日本人か？　俺はスティーブ・ギャレット。アメリカ人で、ハリウッドスターになるために修行をしていたんだが……君は、ここがどこか知っているのか？」

「あは、あはは。一介の女子高生に、何が判るっていうのですか。そもそも私だって、交通事故に巻き込まれたときに神様の声が届いて……って、ここ、本当に異世界なのですか？」

そう言いながら周囲を見渡しますと、私たち四人以外には、甲冑を身に付けた騎士のような人々、顔まで隠れそうなローブを身に纏った魔法使いのような人々、そしてその後ろで金銀豪華絢爛な衣服を着ている偉そうな人の姿が見えます。

そして先ほどから私たちに向かって、この世界がなんたら、君たちには魔王と戦う宿命がどうとか話をしているようですけれど。

うん、ここはどうやら、本当に異世界のようです。

最近はやりの小説のような出来事ですけれど、よくよく考えてみたら日本にも、古くから『神隠し』なる摩訶不思議な現象があるのですから。私が異世界に来たとしてもおかしくはないですね。

いえ、やっぱりおかしいですよ。

「私はミサの最中に、神の声が届きまして……あ、私はヨハンナ・イオニスと申します。バチカン市国のサン・ピエトロ教会に所属している修道女です」

「こ、これはこれはご丁寧に、ありがとうございます。とても流ちょうな日本語をお使いになるのですね？」

「え、私はラテン語で話していると思いますが？」

ええっと。

つまり、私には彼女の言葉が日本語に聞こえて、私の言葉はラテン語で伝わっているという事ですか。ということは、さっきのアメリカ人さんとの会話は？　そう思ってスティーブさんの方を見ますと、頭をボリボリと掻きながら、不機嫌そうな仏頂面で。

「俺は英語しか話せないぞ。そっちの奴は?」

「私も、英語だ。ナイジェリアの麻薬捜査官、スマングル・バコダだ」

はい、どうやら私たち同士の会話って、不思議な力で翻訳されているようです。

そして私たちが延々と話を続けているので、周囲を取り囲んでいる人々も、どうしてよいのか分からないっていう表情をしていますよ。

「さて、私たちは、どうしてここにいるのか分からない。説明を求める、以上だ」

スマングルさんが私たちの気持ちを察してくれたらしく、一番身なりの良い男性に話しかけてくれました。すると、その男性も安堵の表情を浮かべてから、私たちに向かってゆっくりと語り掛けてくれましたよ。

「ようこそ、神に選ばれし異世界の勇者たちよ。私はこの、オードリーウェスト王国の国王、エドワルド・オードリー・ゼナートである。君たちを我が世界に召喚したことについて、まずはもう一度、簡単に説明させていただこう。とりあえず立ち話では疲れるであろうから、私についてくるがよい」

そう告げると、国王はマントを翻してどこかに歩いていきます。

私もようやく落ち着いてきたので、もう一度自分たちのいる場所を見渡して見ます。

この部屋って神殿か何かでしょうか、きれいなマーブル模様の石壁と、私たちのいる場所を取り囲むように十二本の石柱が建てられています。

それも、一つ一つの柱にしっかりと人の姿が彫刻されていますね。

その柱の一つに、私が出会った神様というか、女神様の姿もありました。

つまりこの柱には、この世界の神々の姿が刻み込まれているのでしょう。

「では、参るとしよう。まず私たちが成さねばならぬことは、現状を理解すること。そしてそののち、私たちが今後、この世界で何を成すべきなのか、国王にしっかりと説明してもらわなくてはならない、以上だ」

「スマングルさんのおっしゃる通りですわ。では、ついていくことにしましょうか。スティーブさんも、それでよろしいですね?」

「それで構わないさ。そもそも、嫌だって断ったとしても、話も何も始まらないからな。情報は大切、そういうことさ、さ、行くぞジャパニーズ」

――パァァアン
いきなり、私の背中を叩きましたよ、このヤンキーは。

「ジャパニーズって……、私には如月弥生っていう名前がありますから‼」

「ははっ、悪い悪い。それじゃあいきますか、ヤヨイちゃん」

「はぁ……そうですね」

私以外の三人は、みな大人です。

それに比べて、私はまだ社会を知らない高校生ですから。

大人の皆さんについていくしかないですよね。


………

……

…


そんなこんなで、私たちはオードリーウェスト王国で、魔族と戦う術を学びました。

スティーブは闘気という力が覚醒し、【勇者】という称号を得たそうです。

あと、ちょっとだけ神の加護もあったようで、神聖魔法というものも覚えたとか。

スマングルも闘気と、あとは精霊と契約が行えたらしく精霊魔法というものが使えるようになったようです。ちなみに称号は【重騎士】、防御力特化の騎士だそうです。

そしてヨハンナさんは神の加護を得ることができたらしく、【聖女】という称号を得ることができたそうです。それ以外にも、いくつかの魔法体系を学んだとかで。

ちなみに私は、放浪の大賢者と呼ばれている方に師事することができたため、【大魔導師】の称号をどうにかこうにか得ることができましたよ。

それと、なぜか闘気修練も受けることになりました。

『魔力が尽きた魔法使いは、闘気を練り込んで近接戦闘も可能にするべきである』とか、『近接されて無力になるような事態に陥ってはならない』ということだそうで、それはもう、スパルタのような訓練を強いられましたよ、ええ。

そののち、成長した私たちと諸国連合軍により帝国の大侵攻を退けると、一気に攻勢に転換。

勇者パーティーだけで帝国に殴り込みをかけると、そのまま帝都中央にある魔王の居城を襲撃。

激戦の上、魔王の討伐に成功したのです。

そして私たちは、魔王が持つ【奇跡の宝珠】の力により、再びこの地球へと帰ってくることができました……。

○○○○○

「ええっと……あのね、今話した事すべてが、私が異世界で体験したことなんだけれど、信じてもらえるかな?」

私の名前は如月弥生《きさらぎやよい》、異世界から帰ってきた女子高生です。

といっても私が事故に巻き込まれ行方不明になってから、地球ではすでに三年の月日が経過していました。つまり、今の私の戸籍上の年齢は、二十歳ということになりますか。

先ほどの説明の通り、私は家族旅行で富良野に向かっていた時、対向車線から飛び込んできたトレーラーに巻き込まれてしまい車は大破。

その時、一瞬だけ時間が止まったらしく、目の前に光るマネキンのような女性が姿を現しました。

『私は、ちょっと通りすがりの神。このままだと、君たちは全員、事故に巻き込まれて死亡するが。どうするかね?』

「どうするかねって、そんなの答えは一つしかないじゃない‼私はどうなってもいいから、家族を助けて‼」

『オッケー‼』

私の願いを聞き入れてくれた神様の力だと思いますが、その時、不思議な出来事が起こったのです。

私の両親と兄は白い光に包まれて車から弾き飛ばされ、どうにか軽傷ですんだようです。

そして私はというと、その奇跡と引き換えに、燃え盛るトレーラーの中で異世界へと召喚されました。

先ほどの説明の通り、なんだかんだと異世界を救うことができたので、私は再び地球に戻ってくることができたのですけれど。

まさか、再び事故現場に降り立つだなんて、考えてもみませんでしたよ。

ヒッチハイクでどうにか札幌まで戻ってきて、三年ぶりに実家に顔を出してからはもう大変。

応接間に引っ張り込まれた挙句、今までどこに居たのか、どこで何をしていたのかと、質問攻めにあっている真っ最中です。

「う〜ん。まあ、今、私たちの目の前に立っている弥生が私たちの娘の弥生だっていうのは理解したわ。でも、昔の弥生は髪を三つ編みになんてしていなかったわよね？」

「えぇっと、髪の毛についてはね、この方が都合が良いのよ。なんというか、そう、私は異世界で急激に成長したので、リミッターを付けないと普通の生活をするのが困難なのよ。だから、髪も三つ編みにしてるの。この眼鏡だって、魔導具の一種なんだからね」

淡々と説明します。

ええ、そりゃあ三年も経てば成長だってしてしますよ。

私の知っている記憶や知識を次々と説明してようやく理解してもらえたようなのですけれど。

「でも、異世界かぁ……」

「異世界から帰って来たのよねぇ」

「なあ弥生、チート能力って持っているのか？」

ああっ、お父さんたちは半信半疑ですから仕方ありませんけれど、兄貴は後でぶっ飛ばします。

なんで嬉しそうなのですか。

「はぁ。異世界から帰って来たのだから、そりゃあ魔法ぐらいは使えるわよ」

「「「やっぱりかぁ」」」

あの、私の言葉に対して、なんでため息をついてそんな呟きをするのですか？

「それじゃあ、私の話していたこと、異世界から帰って来たっていうことが真実であることを証明するから、見ていてね」

そう告げてから、私は三つ編みを解いて魔術の詠唱を開始します。

「七織の魔導師が誓願します。我が手の前に一織の灯火を作りたまえ……我はその代償に、魔力三十を献上します。光明《ライト》っ……ほら」

——ボウッ
家族の目の前で、一番初歩の魔法を使って見せます。

「ふぅむ。それって手品とかじゃなくてか？」

「魔法っていうから、お母さんもちょっとワクワクしちゃったけれど」

「うっはぁぁぁ、マジかよ、弥生、本当に魔法使いになったのかよ‼さっきの魔法の詠唱、弥生の髪がフワフワと広がっていったよな、あれってなんだ？」

なんというか、お父さんとお母さんの塩対応とは対極に、太歳《たいさい》兄さんのこの興奮状態はいったい何なのでしょうか。しっかりとスマホを構えているところを見ると、今の魔法の発動もしっかりと録画していたのでしょうね……油断も隙もないというか、まあ、撮られて減るものじゃないから構いませんけど。

「体内の魔力回路のバイパスを、髪の毛まで開放しただけよ。ああしないと、本気で魔法を使った時のバックファイアに対応できなくなるんだから」

まあ、簡単な説明ですけれど、そんな感じ。

そもそも、地球に戻って来て初めて魔法を使ったのですから、慎重に慎重を重ねても罰は当たりませんよね。

でも、興奮状態な兄貴に対して、お母さんたちは意外と冷静なのはどうしてでしょうか。

「なんですか大歳《たいさい》、こんな夜中に大声を出すんじゃありません。いまの手品のどこが凄いの？」

「いや、魔法だよ、魔法。他にも凄いものはないのか？」

いや待って、こんな初歩魔法で興奮しないで。

「まあ、例えば……こういうのは？」

勇者の加護の一つ、異次元収納魔法《アイテムボックス》から魔法の箒を取り出します。

これは私の愛用の魔導具で、空を飛ぶために私自ら開発した魔導具です。

そう、【七織の魔導師・如月弥生】を表す、三種の神器の一つなのですよ。

すなわち【魔導飛行具】、【トラペスティの耳飾り】、あと最後の一つは秘密です。

その魔導飛行具の一つである魔法の箒を取り出して空中に浮かべると、そこにお父さんを座らせて見ました。

ついでに魔法の絨毯も取り出すと、そこにはお母さんと太歳兄さんに座ってもらいます。

「お、おお、これはどんな手品……じゃないな、本当に魔法なのか？」

「あらあら。これって、自転車の代わりに使えるかしら？　近所のスーパーまでお買い物に行くときは便利よね？」

「飛行魔導具キタァァァァァァァァァァァァ。なあ弥生、これって予備はあるのか？　個人的に一つ欲しいところだけれど」

うん、お父さんとお母さんはようやく信じ始めましたか。

ついでに大興奮状態の兄貴は放置。予備はあるけれど、これで空なんて飛んだりしたら、魔法使いが此処にいますってばらすようなものじゃないですか。

「あるけれど、あげませんっ。兄貴の魔力じゃ、自在に動かすことはできそうもないから」

「マジかぁ。まあ、それは仕方がないか」

せっかくなので、さらにいくつもの魔法を披露します。

そして一時間後には、ようやく私が立派な魔導師になって帰って来たという事を理解してくれましたよ。

「ほ、本当に魔法使いになって異世界から帰って来たのか……ああ、まさか弥生が異邦人《フォーリナー》に認定されるとは……」

「へ？　フォーリナーってなに？　たべものじゃないよね？」

「ああ、弥生は知らないだろうけれど。実はな、三年前に同じように事故にあったり神隠しにあったりして、行方不明になっていた人たちがいたのだよ。現在、確認されているのは三名で、皆、弥生と同じ話をしていたのだよ……」

うっそ？

それじゃあ勇者スティーブも聖女ヨハンナも、重騎士スマングルも無事に帰って来ているんだ‼

それよりもさ、異邦人《フォリナー》っていう呼び方はどうなの？

確か異邦人って、『外国人』っていう意味だったよね？

「ちなみに異邦人《フォーリナー》っていう呼び方は『外国人』を差す言葉ではなく、『自分たちの知らない力を持つもの』とか、『超能力者』っていう意味から来ているんだって」

「そ、そっかぁ……そういう意味かぁ……って、皆、無事に帰って来られたんだぁ……」

安堵で力が抜けたのか、私はソファーにどっかりと座り込んでしまいました。

無事に魔王から【奇跡の宝珠】を取り戻した時、ちょっと気になって鑑定してみたのです。

すると、『一つだけ望みが叶う』という、法具の効果説明が浮かび上がっていたのですよ。

だから王都に凱旋して宝珠を国王に献上した時、国王が首を捻って困った顔になっていたのは今でも忘れないです。

だって、魔王から宝珠を回収した時点で、私たち四人は異世界から地球に帰れるようにって願ったのですから。


『この世界にいる、俺たちのように異世界から来た人たちを、望むならば元の世界に返して欲しい』


ってね。これはスティーブが代表してそう願ったのですけれど、きっと自分たち以外にも、同じようにこの世界に来ている人がいるはずだって、彼が機転を利かせてくれたのですよ。

そして国王が宝珠について私たちに問いかけた時、私たちの足元に四つの魔法陣が浮かび上がりました。

そう、宝珠の効果により、私たちは無事に地球に帰ることになったのです。

あの時の国王の呆然とした顔と、私たちがすでに願いを叶えたことに気がついた時の安堵の表情は、今でも忘れません。

最後に送還された私に、国王様は手を振りながら、『今までありがとう……元の世界でも幸せにな』って見送ってくれたのも、私は今でも忘れられませんよ。

どんな時も、私たち異邦人《フォーリナー》の立場を考え、そして庇護してくれた優しい国王でしたから。

もっとも、私たちの力を悪用しようとした貴族もいましたけれど、そんな輩はねぇ……。

まあ、そんな思い出も、実際は数時間前の話なのですけれどね。

「そ、そんなことよりも、さっきの手品紛いのものはなんなのだ？　弥生は本当に魔法使いになったっていうのか！」

「そうだよ？　多分だけど、さっきの話に出て来た異邦人《フォーリナー》っていうのかな？　私もそれに該当するんじゃないかな？　うん、向こうの世界で身につけた力はそのまま使えるみたいだし、アイテムボックスの中身もそのまま入っているからね……それで、地球での私の立場って、未だに事故ののち行方不明っていうことになっているの？　まさか死亡届は出していないよね？」

これでもしも、事故ののち死亡扱いだったらもう大変ですよ。

戸籍の再発行とか、とにかくややこしいことになりそうだからね。

「いや。失踪状態になっているだけだ。特別失踪扱いまであと四年、実際に私たちは、もう弥生が生きていて、ひょっこりと戻ってきてくれないか、なんてことは諦めていたんだが……」

「それでもね、毎日ずっとお祈りしていたのよ……弥生が帰ってきますようにって」

「そっか。まあ、さすがに異世界からこっちに連絡することなんてできなかったから、無事を知らせることができなかったのよ。という事で、改めて……」

うん。

本当に、三年ぶりだよ。

お父さんもお母さんも、すっかり老け込んで。

真っ黒だった髪に白髪は混ざっているし、少しやつれたようにも見えるよ。

兄貴なんてぷくぷくと太って半ば引きこもりのような生活を送っていたのに、見間違えるほどにスマートでマッシブに……って、兄貴、あんたには何があった？

「うん、ただいま。如月弥生、異世界から帰ってきました……」

そこから先の記憶なんてありません。

ただ、家族全員が私の無事を喜んでくれました。

○○○○○

今から半年前。

アメリカのとある州で保護された男性が、現代では解析不可能な能力を身につけていたことが発覚。

『俺は三年前にこっちの世界で事故に巻き込まれて死んだ……と思ったら、異世界で勇者になって魔王を倒したんだ、そして帰って来たんだが……』

という男性からの説明はあったものの、それを聞いた警官たちは彼の精神鑑定を請求。

すると男は何もない空間から突然、一振りの長剣を引き摺り出して目の前の壁を一瞬で細切れに切断した。

危険と判断した警察官によって男は逮捕、拘束されたものの、彼の所持していた長剣が地球上に存在しない金属によって構成されていたこと、彼自身の身体能力が常人からかけ離れていたことなどが鑑定結果によって判明。

彼の供述が事実であったということが、改めて証明されてしまった。

結果として、彼の身柄は州警察から中央情報局へと移管。

そこでさまざまな検査や実地試験などを経て、彼がアメリカ合衆国市民であり、行方不明者であった男性本人であることを認定。

同時にその人間離れした能力を悪用されないようにと、彼を合衆国の監視下に置くべく、一時的にアメリカ海兵隊へと所属させた。

その時の彼の供述により、同じように異世界から地球へ戻って来た仲間がいること、彼らはいずれ故郷に帰るだろうから、その時はそっとしてあげてほしいことなどが説明された。

これにより、異世界から戻って来た『超能力者』を異邦人《フォーリナー》というコードで識別し、各国では自国民の中から異邦人《フォーリナー》が発見される日を心待ちに待っていたのだという。

そしてアメリカの報告を受けた国連が、異邦人の人権を守るべく国際異邦人機関（ＩＦＯ）を設立。ＩＦＯは彼のように異世界に赴いたものたちを保護し、その権利を守るべく活動を開始した。

…………

……

…

「ということがあってだね。今現在、異邦人《フォーリナー》認定されている人は全部で三名。アメリカ特殊部隊所属のスティーブ・ギャレット、ナイジェリアはラゴスにいる麻薬捜査官のスマングル・バコダ、バチカン市国のサン・ピエトロ教会のマザー・ヨハンナが、現在のところ国連が認めた異邦人《フォーリナー》ということで有名になっているんだけれど」

「問題は、スティーブの語っていた四人目の存在。彼曰く、四人目の異邦人《フォーリナー》は千を越える魔法を操る大魔導師という話が出ていてね、その魔導師がどの国の異邦人《フォーリナー》なのかって世間でも大きな騒ぎになっているのよ？」

へぇ。

そっかぁ。

私って、そんなに有名人になってるんだ。

うん、黙ってこのまま沈黙していた方がいいよね。

そんな異邦人《フォーリナー》とかなんとか、面倒臭いから。

「それで、弥生って本当に魔法が使えるんだよな？　さっき見せてくれたのは、手品じゃないんだよな？　俺でも使えるようになれるか？」

ああ、兄貴の嬉しそうな追求。

そりゃあ身内に魔法使いがいるってわかったら、教えて欲しくなるのは道理だよね。

以前の私だったらお願いすると思うもん、友達に自慢できるから。

でも、いざ魔法を覚えたら、そんなことは考えられなくなりましたよ。

「ま、まあ……この件は御内密に。ほら、私が異邦人《フォーリナー》だなんてばれたらさ、お父さんたちにも迷惑が掛かるじゃない？」

「いや？　一人娘が魔法使いだなんて、お父さんは会社でも自慢できるぞ？」

「私もそうねぇ。パート先の奥さんたちに自慢できるわよ？　魔法でなんでもできるって」

はぁ。

ため息しか出てきませんよ。

この能天気な両親には、いつもながら呆れてしまいます。

それよりも問題は兄貴ですよ。どうにかして口封じしておかないと。

「うっひゃ～。バズったぞ、俺のＴｗｉｔｔｅｒが初めてバズったわ、ほら見ろ、ここ」

「へ？　兄貴、いったい何をやらかしたの？」

そう思って兄貴のスマホを確認すると。

私が魔法を使うところがしっかりと録画してあっただけじゃなく、それをアップして『俺の妹が異邦人《フォーリナー》だった件について』って書き込んであったわよ‼しかも目の前でイイネとリツィートのカウントが爆速で増え続けているんだけれど。

「これってよ、ＹｏｕＴｕｂｅチャンネル作って配信したら、アフィリエイトで一攫千金間違いなしだぞ‼いや、Ｔｗｉｔｔｅｒのプレミアムにも登録すれば、そっちでも稼げるぞ」

「あのねぇ……まさか私をダシにして稼ぐつもりなの？」

「いや？　俺は仕事があるから、これ以上稼ぐ必要はないぞ。それよりも弥生が稼ぐんだよ。そもそも弥生って高校を卒業していないだろ？　そんな状態で就職なんて、かなり難しくないか？」

「お、おおう…」

思わず突っ込んだけど、そうですよ、うちの兄貴は自分のことよりも家族のことを第一に考える人でしたよ。

その次が自己顕示欲で、お陰で私が異邦人《フォーリナー》っていうことが、あっさりとばれましたよ。

って、ちょっと待ったあぁぁぁぁぁぁぁぁぁぁ。

今すぐその動画を消して、私の正体が全世界的にバレる‼

「ストーーーップ‼兄貴も一旦、その動画を削除して」

「うぇあ‼お、おう」

私の迫力に驚いたのか、急ぎスマホから動画を消し始めています。

さあどうです、間に合いますか、私の個人情報漏洩状態。

「それでお父さん、その異邦人《フォーリナー》認定って誰が調べるの？　そもそも国連っていうところに書類とか提出する必要があるの？」

「国連機関のひとつに、国際異邦人《フォーリナー》機関（ＩＦＯ）っていう部署があってだね。そこで手続きが行われているらしいけれど……」

「はぁ？　まさか、たった四人のために……国連機関が追加されたの？」

「そりゃそうだよ。勇者スティーブの説明では、今回は弥生たち四人が異世界から帰還したけれど、今後はもっと、さまざまな世界に旅立った同志たちが帰ってくる可能性があるって話していたから」

あああ。

スティーブがやらかしたのですか、あのアメコミオタクがぁぁぁ。

そりゃあスティーブはアメコミのオタクでしたよ、私も向こうの世界で、彼に日本には異世界系のラノベがあるよって話をしたことはありましたけれど。

そもそも、私のラノベ知識なんて兄貴からのお下がり程度ですよ、蘊蓄も何もかも兄貴譲りだったのですからね。

それを間に受けて、スティーブがそんなことを話し始めたとしますと、その責任は私に？

いや待って、落ち着いて私。

そう、スティーブのいうことも、ごもっともですよ？

私たちのように、別の異世界に転移もしくは転生した人たちがいてもおかしくないじゃない。

だって、前例である私達がいるのですよ。だからこその、あの願いだったのですから。

「……ねぇ兄貴。今、Ｔｗｉｔｔｅｒのトレンドってどんな感じなの？」

「ん？　ちょっと待ってろ……と、はははぁ、トップが『日本の異邦人《フォーリナー》』『異邦人《フォーリナー》発見』『四人目の異邦人《フォーリナー》発見』『大魔法使い降臨』と、この辺りで埋め尽くされているな。ちなみに俺宛のＤＭが暴走状態だ。各局報道関係者やら日本政府やら、あとは知らんやつばかりから大量にＤＭが届いているぞ」

「はぁ、やっぱりねぇ……」

さて、この馬鹿騒ぎを収める方法を考えるとしましょうか。

ということで、困った時の異世界グッズですよ。

アイテムボックスより【トラペスティの耳飾り】を取り出して装着します。

これは私がとある迷宮で入手した魔導具であり、これを装着することで私は【大賢者の叡智】を授かることができます。

まあ、それ以外にも様々な効果があるのですけれど、今は割愛です、時間がありません。

「大賢者さん、現状を打破する、もっとも安全かつ有効な手段を教えてください」

『ピッ……異邦人《フォーリナー》宣言を行い、四人目として国際機関に登録。そののち、日本政府所轄の組織に配属されるのが、もっとも騒動を回避できる手段かと思います』

「やっぱりかぁ……ありがとう大賢者さん」

『ピッ……いえいえ。私は弥生と共にあります』

さてと。

こうなったら腹を括って、堂々と宣言するしかありません。

すっくと立ちあがり、両親と兄貴の目の前でグッと拳を握って。

「明日、私は国連機関に連絡を入れます。そして異邦人《フォーリナー》申請を行い、日本政府管轄の組織に配属してもらいます」

「やっぱり、そうなるよなぁ。他の異邦人《フォーリナー》も国際機関とか、自国の政府機関所属になっているからなぁ……まあ、これで弥生も高校中退、無職ではなくなるから結果オーライってところハブァッ」

——ボスッ
他人事のように笑っている兄貴の腹に、ボディーブローを一発です。

ちゃんと手加減してありますよ、本気で殴ったらお腹が吹き飛ぶだけじゃなく、兄貴は肉片になりますからね。

………

……

…

まあ、ステータスでカンストしているのは知識系だけで、肉体系は……それでも常人の百倍ぐらいはありますけれど。

でも大丈夫。髪を三つ編みにして、制御術式の施された眼鏡もかけています。

これにより日常生活リミッターという術式が発動しますので、能力は常人レベルまで低下しています。そうじゃないと玄関のノブをねじ切ったり、くしゃみ一つで暴風まで生み出したりしますからね。

ちなみにリミッターはキーワード型。私の場合は、この自慢の長髪を三つ編みにして眼鏡を掛けている状態が、リミッター起動状態です。

そして魔法を使う場合は、眼鏡を外して半リミッター状態体に切り替えます。

そしてあるモードに変化するときは、三つ編みも解いて魔導髪《マギヘアー》という状態にしなくてはなりません。

まあ、リミッターカットなんてないない、必要ありませんよ。

この平和で美しい地球の、それも日本で、大魔導師降臨なんていう事態を必要とする事件が起こるはずがないじゃないですか。

ええ、フラグではありませんよ、一般常識です。

だって、帰って来て最初に魔法を使った時、魔導髪にして様子を見ましたけれど、特に必要ないって感じましたからね。

………

……

…

そしてお腹を押さえて悶絶している兄貴の横で、お父さんが腕を組んで何か考えています。

「んんん……ちょっと待て、弥生は高校中退じゃないぞ。あの事故の直後、お前だけ姿が見えなかったから、ひょっとしたらどこかで生きているかもって休学届けは出してあったが……今更だが、その歳で高校に復学する気なのか？」

「う〜ん、二十歳で高校復学はあまりにもなんですので……休学のままでよろしく。もうね、今から高校生に混ざって学校になんて通いたくないし。そもそも異邦人《フォーリナー》登録するから、人目が多い学校に通うっていうのはちょっと面倒くさいことになると思うのよ。よし、高校は中退して通信教育で単位を取ります、それで決定‼」

「はぁ……一人娘が無事に帰って来たと思ったら、実は異世界帰りの異邦人《フォーリナー》だったり、高校は中退するって宣言したり……お父さんはどうしていいか、分からないよ」

まあまあ、それを言ってしまえば当人である私なんて、異世界に行ったばかりのときは、半月ぐらいは王城の自室に引き込もっていましたからね。

そのあとは色々とあって王族やら貴族やら偉い人と話し合いを行ったり、突然の勇者パレードに引っ張りまわされたり、見も知らない貴族の阿呆息子と結婚させられそうになったりと、人生の修羅場をぎゅっと凝縮して経験してきましたから。

もうね、人生の酸いも甘いも噛みしめさせられましたよ、ええ。

「さて、それじゃあ今日はもう寝るね……ちなみに私の部屋って、まだ残っているよね？」

「ちゃんと毎日掃除していたからね。弥生がいつ帰って来てもいいようにって……」

「うん、ありがとうお母さん……それじゃあもう眠いから。お休みなさい」

「ああ、おやすみ」

「ゆっくり休んでね。まだ色々と考えることはあると思うけれど、焦って結果を出さなくてもいいからね」

「それではゆっくりと休むのだ、妹よ。明日になったらお前は、日本代表のフベシッ」

——ドゴッ
今度は少しだけ拳を捻りつつ、おなかに向かってパンチですよ。

こう見えてもあっちの世界では、身を護るために『ブレンダー流拳闘術』っていうのを学んでいたのですからね。

最高段位の金帯には届かなかったけれど、師範代クラスの銀帯は修得したのですから。

さて、それではおやすみなさい。

○○○○○

つい先日発覚した、四人目の異邦人《フォーリナー》・如月弥生の異世界からの帰還。

それは日本だけでなく、全世界を震撼させた。

半年ほど前から出現し始めた三人の異邦人、彼らの口から発せられていた四人目の存在。

表には出ていなかったものの、国際異邦人機関では、スティーブたちから四人目の正体は【日本人・如月弥生・十七歳・女性】というところまでは確認できていた。

だが、それが表に出ることにより生じるであろう混乱を防ぐため、機関上層部のみがこの事実を秘匿、隠密裏に如月家には監視がつけられていた。

そして監視員からの報告により彼女が無事に帰還したことが報告されると、すぐさま国際異邦人機関・日本支部にも連絡が送られたのである。

その直後、内閣府関係者が召集され対策会議が行われることになると、当面の間は彼女の存在については秘匿。今後のことについては、できる限り彼女の意思を尊重するという方向性で会議は完了。

そして急遽、『異邦人対策委員会』の設立が緊急動議により可決。

如月弥生のことについては、国際異邦人機関・日本支部と異邦人対策委員会により、監視および彼女についての対策を講じることとなったのだが。

「誰だ、如月弥生のことを公言した奴は‼」

彼女が帰還した日の夜、つまり緊急動議が可決した直後。

Ｔｗｉｔｔｅｒ上には『日本人初の異邦人、無事に帰還する』という見出しと共に、様々なネットニュースで彼女を取り上げている記事が公開されていた。

なお、それらの記事については早急に削除要請が行われ、翌日の昼前にはネット上からは消滅したのだが、一度でも流れた噂は留まることを知らず、一部では彼女のデータについて個人の特定まで完了しているという状況になっていたという。

………

……

…

――そして、ちょっと戻って翌朝

なんだか、家の外が騒がしいです。

ざわざわとした声とも騒音ともつかないものが聞こえてくるし、階下ではお父さんたちの怒鳴り声のようなものも聞こえてきます。

うん、何が起こっているか理解しましたよ。

この騒動の元凶は、兄貴の投稿したＴｗｉｔｔｅｒだろうという予測もつきました。

つまり、この大勢の人が集まっているような雰囲気は、紛れもなく報道関係者でしょうねぇ。

ということで、私の部屋のカーテンは開けてはいけない、それでオッケーですね。

「はぁ……もう、面倒くさいなぁ。七織の魔導師が誓願します。我が六方に三織の結界を生み出したまえ……我はその代償に、魔力四百五十を献上します。三織《さんしき》結界の発動を要請っっ」

右手人差し指を立てて、空中に小さく魔法陣を描きます。

三織結界は、外部から【視覚】【聴覚】【嗅覚】の三つの感覚を遮断する結界で、これをとりあえず自室に張り巡らせました。

――キィィィィン

やがて部屋全体が虹色に輝き、そして小さな魔法陣が上下左右すべての壁と床、天井に広がっていきます。

うん、いつもながら、私の作った魔法陣は美しいですね。

「まったく……これじゃあ、プライベートなんてないも同然じゃない」

ブツブツ呟きつつ急いで着替えて、一階へ向かいます。

そしてダイニングテーブルについて、テレビに流れているニュースを見ますと。

どのチャンネルも『日本初の異邦人』とか、『新たな異邦人は魔導師』とか、とにかく特番の雨あられ。しまいには『現地の榊原さーん、今、どのような状態ですか～』などと、うちの前で私が姿を現すのを待っているようですが。

「う～ん、やっぱり騒動になっているかぁ……あれ？　お父さんは？」

「とっくに朝食を摂って仕事に行ったわよ？　お兄ちゃんはまだ寝ているようだし……本当に困ったわねぇ」

ふぅん。

この元凶を生み出した兄貴はまだ寝ているのか……って、よく見たら固定電話のコードも抜いてあるし。

このままだと、我が家に平穏は訪れません。

久しぶりの一家団欒、それをじっくりと堪能したかったのですが。

もう、こんな状況がいつまでも続くのかと思うと、我慢の限界ですよ。

「まったく、もう。これは私が出ていかないと、落ち着かない感じだよねぇ」

「それもそうだけれど……弥生って、随分と落ち着いているのね？　これだけ外が騒がしくなっているのに。異世界でも、こんなことがあったの？」

「落ち着いているように見えるだけよ。だって、私が初めて異世界に行った時もこんな感じだったし。スティーブたちと一緒に修行した日々でも、異世界から来た勇者を見たいって、こんな感じに見学者が集まってきたからね」

うん、あの時は酷かった。

本当に酷かったのですよ。

今更ながら、思い出したら腹が立ってきましたよ。

「ふぅん。でも、数日したら落ち着いたとか、そういうかんじだったの？」

「まさかでしょ、その逆よ。異世界から来た大魔導師っていう噂があちこちに流布されて、魔法の勉強中だっていうのに連日のように貴族の屋敷に招かれてパーティー。しまいには王城で晩餐会やら、隣国の使者が来て是非とも我が国を救ってほしいとか……うん、あの時の煩わしさに比べたら、日本って平和なんだなぁって思うわよ」

そりゃあ、言うことを聞かないと、どうなるかって脅されたこともあったし……闇ギルドの暗殺者に命を狙われたこともあるし、そうそう、隣国のアホ皇太子に隷属させられそうにもなったわよ。

あの波瀾万丈な日々に比べたら、地球のテレビが馬鹿騒ぎしているレベルなんて平和なものよ。

うん、あっちの酷さを思い出したら、なんだか今の状況が優しく感じてきましたね。

「うん、ちょっと気分も落ち着いてきたことだし、それじゃあ出掛けてくるね、換装っと！」

「出掛けるって、どこに……あら？」

——シュンッ
アイテムボックスの効果の一つ、【換装】というコマンドを使うことで、私はアイテムボックスの中に収められている装備を瞬時に装着することができます。

今の私は、あっちの世界で愛用していた【ベヒモスの魔導帽子】と【真偽の片眼鏡】、【影竜のローブ】【白亜のミスリルスーツ】を装着している状態。

ちなみに【トラペスティの耳飾り】はアイテムボックスの中。あれって制御が難しいのですよ。

そして右手には、昨日もお披露目した魔法の箒。

この魔法の箒が、私の作った魔導具の最高傑作のひとつ。

アンデッドドラゴンの翼骨と精霊樹の枝を素材として一年かけて作り上げた箒で、なんと空も飛べるだけではなく、様々な効果も付与されていますよ。

あっちの世界では魔法による飛行技術は古代魔法に当たるらしく、すでに廃れていて理論も何も残っていなかったのですよ。

それを私が解析して、一から魔導理論を構築。この魔法の箒が完成したっていうわけ。

ということで、向こうの世界での私の標準装備に着替えたので、あとは空を飛んでいくだけです。

「うん、国際異邦人機関《フォーリナー》の日本支部に顔を出してきます。とっとと登録をしてしまえば、こんな馬鹿騒ぎにはならないと思うからさ」

「あら、そうなのね。それじゃあ気をつけて行ってきてね」

「はいはい」

「はい、は一つだけ。忘れちゃったの？」

「いえ、うん、忘れてたかも……ごめんなさい」

さて、それじゃあまずは【透明化の術式】で姿を消して。

次は【透過の術式】で家の壁をすり抜けてから、外で魔法の箒に横坐り。

地球の建材は魔力が浸透していないから、簡単にすり抜けることができましたよ。

そして私の予想通り、家の外では中継車が大量に路面駐車しています。

それに大勢の人が集まっていて、家の中を覗き込もうとしているじゃないですか。

うん、ここは駐車禁止区域なんですよ、警察に通報してあげましょうか？

「はぁ……それじゃあ、行ってきま～す‼」

——ゴウゥゥゥゥゥ
一気に上昇して、飛行機の飛ばない低空で高度を維持。

あとはまっすぐに、東京方面へ移動。

「うん、風除けの結界も自動展開しているから、風で後ろに飛ばされることもなく安全安全」

スマホをぽちぽちと押しながら、国際異邦人機関の場所も確認。

永田町付近にあることは理解したので、あとは速度をマシマシ時速二百四十キロ。

これでも本来の性能は発揮していません、何が起こるかわからないですからね。

「この速度だと、到着までは大体五時間前後ってところか。まあ、そんなところかな」

さて、無事に登録が終わるといいのですけれど。

これぱっかりは、どうなるかわかりませんね。

○○○○○

——永田町、国際異邦人機関事務局

国際異邦人機関とは、異世界から帰還した者たち、通称【帰還者《リターナー》】を受け入れる機関として、アメリカが先導して設立した国際連合所属の専門機関である。

当初は機関に登録した帰還者《リターナー》のことを異邦人《フォーリナー》と指していたのだが、いつしか帰還者《リターナー》という言葉は書類上のものとなってしまい、異邦人《フォーリナー》のみで表されるようになった。

現在確認されている異邦人のうち、機関登録者は三名、未登録者一名。

このうちの未登録者がまさかの日本在住の女性であるなど、この日本事務局の職員は知る由もなかった。

『ラスト・ワン』と呼ばれていた帰還者が先日発見されたこと、そして日本人であるというニュースを見て、朝から職員たちは今後の仕事についてマニュアルを引っ張り出しては確認作業に追われている。

取材申し込みの連絡もあったのだが、今の時点では未確認事項が多いため受けることはできないと、報道関係は全てシャットアウト。

責任者である沢渡事務局長を筆頭に、八名の職員が目眩すら覚えそうな大量のファイルの確認作業をしていたのだが。

——ピンポーン

玄関に設置されているインターホンが鳴った。

またマスコミかと、佐渡が頭を抱えつつ手元の電話を取り上げ、対応を始める。

「はい、国際異邦人機関です。現在は新たに確認された異邦人の件について調査中です。詳しいことがわかり次第、公的機関より発表があると思いますので」

努めて冷静に。

そして朝から実に十二回目の事務的対応をおこなったのだが。

『あの、先日、異世界アルムフレイアから帰還した如月弥生と申します。異邦人《フォーリナー》登録を行いにきたのですが』

そう受け答えする女性の声。

これには佐渡も、一瞬だけ我を忘れてしまう。

まさか、今、自分たちが忙しくなった元凶の女性が、ここに直接やってくるなどとは思っていなかったから。

「おい、入口の映像を出してくれるか‼」

受話器の口の部分を手で押さえ、沢渡が大急ぎで職員に玄関の映像をモニターアップするように指示する。

普段ならモニターはつけっぱなしだったのだが、あまりにマスコミが喧しいのでモニターの電源を落としていたのである。

そして電源が入りモニターに映ったのは、童話や物語で見るような魔女の姿。

純白の帽子と綺麗な装飾の施されたスーツ、裏地が黄色く着色された純白のマント風ローブを身に纏い、箒を携えた女性。

そんな格好の人物が、モニターの向こうに立っているのである。

「こ、これってまさか本物?」

「後ろにはどこかの中継車がスタンバイしているぞ? マジかよ?」

「待って!まだ異邦人登録の画面を確認している最中なんだけれど」

「急げ、マスコミ関係も気が付いたぞ、彼女に向かって走っているじゃないか!」

それまでの喧騒から、まさかの異邦人襲来により騒ぎは一層大きくなるが。

沢渡は立ち上がり、近くの部下に応接室の準備を頼むと、自ら玄関へと向かって行った。


…………

……

…

——ス～ッ

「ありゃ、時間切れかぁ」

目的の国際異邦人機関まであと二十分の距離で、【透明化】の魔法効果が切れました。

地球の大気にも魔素は含まれているのですが、かなり希薄なようでして。

魔法の効果や継続時間にも、大きく影響してしまったようです。

そして私が箒に乗って飛んでいる姿を見つけた人がいたようで、眼下の街道には私を追いかけてくる人の姿が現れ始めました。

途中からは報道関係の車両も後ろから追いかけてくるようになったので、少しだけ速度を上げて、そのまま目的地である機関事務局の玄関前に着地しました。

そしてすぐさまインターホンを押すと、どうやら向こうでも私がくるのをわかっていたのか、すぐに対応してくれましたよ。

——ガチャッ
電子ロックが開く音、そして扉の向こうでオールバックの男性が立って頭を下げています。

「ようこそ、国際異邦人機関へ。まずは詳しいお話を伺いますので、こちらへどうぞ……それと、後ろの報道関係者、現在の彼女は私人であり、個人情報およびプライベートは法によって保護されている。余計な取材やインタビューには一切答えるつもりがないので、では失礼する‼」

——ガチャッ
目の前の係員のような人が大きな声で叫ぶと、すぐに電子ロックで扉を閉じてくれました。

「それでは、こちらへどうぞ」

「はっ、はい‼」

案内されるままに、私は応接間へと移動。

そしてソファーに座って、改めて自己紹介です。

ちなみに目の前に座っている白髪交じりの壮年の男性は、この国際異邦人機関事務局長の沢渡塔矢さんというそうです。

「改めて。初めまして、私は如月弥生と申します。三年前に異世界アルムフレイアに神によって選ばれ、召喚された勇者の一人です」

堂々と自己紹介をしますと、目の前に座っている沢渡さんがウンウンと頷いています。

「ではまず、あなたが異世界からの帰還者であるという事実確認から行います。まずはこちらの書類をご確認ください」

そうして手渡されたものは、異世界アルムフレイアの文字で書かれた書類です。

内容はというと、勇者をはじめ私たちがお世話になっていた国や関係者の名前などが、事細かく記されています。

「ははぁ、これはスティーブが作った書類ですね？　彼が向こうの世界で出会った人のことが中心に書き込まれていますし、何よりもここの部分。魔石の粉末をインクで溶かしたものでサインが書き込まれていますね」

トントンと書類の最後の方の一文、スティーブの肉筆のサインを指差してそう問いかけます。

国家レベルで重要な案件などは、このように魔石に自分の魔力を組み込んだ粉末でインクを作り、それでサインを施します。

それを確認するための魔法もありまして、私は右手で小さく魔法陣を描くと、それを発動しました。

するとサインの真上に、彼の魔力波長を示す白い色で文字が浮かび上がってきます。

「こ、これは……」

「スティーブの属性は光、だから白い魔力波長で彼のサインが浮かび上がっただけですよ。ちなみに私の波長は虹の七色。【七織《ななしょく》の魔導師】というのが私の称号ですので……まあ、そういうことです」

そう説明しながら、指先で空中に文字を書き上げます。

すると、書類の上に別の魔法陣が三つ浮かびあがり、そこにスティーブとスマングル、ヨハンナの姿が立体映像のように浮かび上がります。

「あらら、遠距離会話の魔法がこっそりと組み込まれているとは驚きですね。それも、この魔力波長はヨハンナさんの悪戯かな？」

ええ、これには私も驚きました。

まさか、確認書類に【遠距離会話】の術式が組み込まれていたとは予想外です。

しかも実体まで投影する【幻影投射《ミラージュ》】まで組み込まれているとは。

うん、恐らくはヨハンナさんの作戦ですね？

『よう、久しぶりだな、ヤヨイ』

『もう、あなたと別れてから半年になるのよ。元気だった？』

『俺たちは元気だ、以上』

『スマングルったら……相変わらず言葉が少ないわねぇ。ということで、そこに国際異邦人機関の責任者の方はいるかしら？』

「はいっ‼日本事務局責任者の沢渡です。異邦人《フォーリナー》の皆さんとお会いできて光栄です」

突然のご指名に、沢渡さんが立ち上がって頭を下げています。

さすがは国際機関の責任者、英語もラテン語も理解できるのですか。

『私は異邦人の聖女ヨハンナです。彼女、如月弥生さんは紛れもなく四人目の異邦人《フォーリナー》よ。魔力波長も確認できましたので』

『という事で、俺たち三人が、彼女は本物であることを証言する』

『早めに登録を終えるように頼む、以上』

「ありがとうございます。ちなみにですけれど、皆さんに会いに行くことって可能ですか？」

そう問いかけると、ヨハンナさんが顎に指を当てて考えています。

『そうねぇ……こっちの世界では、空間転移の腕輪が満足に動かなかったのよ。まあ、転移の術式は自分が行ったことがある場所にしか行けないから、無理もないわよね』

『ヤヨイなら、いつものアレで飛んできたらいいんじゃないか？　こっちの世界でも見せてくれるんだろ？　空帝ハニーと呼ばれた実力を‼』

『空中戦なら、ヤヨイの右に出るものはなかったからな。以上』

「うわわわわ、こっちの世界では、その名前で呼ぶのはやめて下さいよ。それは私にとっての黒歴史なのですから

‼まあ、こっちで手続きが終わったら、一度、皆さんに会いにいきますね」

『そうね……ってあら？　やっぱり魔力が希薄だと術式のノリが悪いわね』

——ザザッ、ザッザッ
魔法陣に浮かぶ映像にノイズが走る。

そもそも、この魔法陣だって完全じゃないよね？

どうせスティーブがヨハンナに頼み込んで、私の教えた通りに試してみただけだよね？

空間から魔力を集める集積回路が歪なんだから。

「まあまあ、それじゃあ、またね‼」

『応さ』

『じゃあね〜。日本のお土産、待っていますからね』

『頑張れよ、以上』

その言葉を残して、三人を映し出していた魔法陣も消滅しました。

うん、こんなところでしょう。

いつもと変わらない三人の姿を見て、私もほっとしましたよ。

「ということですので、このあとは、どの様な手続きが必要でしょうか？」

「そうですね、あとは登録書類の確認、写真撮影とサインをお願いします。こちらに国際異邦人機関に登録される異邦人《フォーリナー》の権利と義務が記されていますので」

ふむふむ。

異邦人は、有事の際には国家の枷を取り払って世界平和のために協力すること……また、個人のためにその力を無闇に使わないように……。

異邦人はその身の安全を保障され、予算の中から活動協力費が支給される、と。

え？　予算？　活動協力費？

つまり、お給料？

「あの‼ここの活動協力費って、私が頂けるのですか？」

「まあ、そうなりますが。日本の場合、登録された異邦人《フォーリナー》には年間で千二百万円の活動協力費が支給されます。あとはそうですね……今後の貴方の所属などについては、日本国政府との相談ということになりますので。人智を越える能力を持つ人間を野放しにはできませんし……あとは、許可なく勝手に、空を飛ぶなというクレームが届いていますので」

「嘘？　それって本当ですか？」

「ええ、そうですね……日本の場合、無許可で空を飛ぶ場合は違法行為となります。航空法に基づいた許可が必要になりますし、なによりも魔法での飛行など前例もありませんので」

クイッと眼鏡を直す佐渡さん。

はぁ、向こうの世界なら、好き勝手自由に空を飛ぶことができたのに。

「あ、あの、低高度での飛行もダメなのでしょうか？」

「無許可ではねぇ……通信機も安全装置も備えていない物体が空を飛ぶなんて、前代未聞ですから」

「車やバイクのように、道路上を飛ぶのも駄目ですか？」

「貴方、免許を持っていますか？　この書類に書いてあった年齢を鑑みるに、貴方が異世界に行った時は免許など持っていないかと思われます。そうですねぇ……今後の移動その他のことも考慮して、日本政府と掛け合ってみましょうか」

はぁ。

日本はやっぱり法治国家ですよ。

魔法で好き勝手に空を飛ぶことはできないのですね。

確かに、今までに前例もないのですから、無理もありませんか。

アメリカとかは、民間人でも結構自由に飛んでいるイメージがありますよね、飛行機ですけれど。

「いっそ、アメリカに引っ越そうかなぁ……向こうなら、自由に飛べそうですよね」

——ガチャン

突然、佐渡さんが手にした湯呑みを床に落としましたよ。

「ちょ、ちょっと待ってください、空を飛びたいからアメリカに行く、今、そう言いましたよね？」

「ええ、まあ。そういう選択肢もありかなって思っただけですよ。私、魔法の箒で空を飛ぶのが好きなもので。それが駄目というのなら、選択肢の一つとしては、アメリカ移住もありかなぁと」

「それはダメです‼貴方は我が国にとって大切な存在なのですよ……よし、貴方の飛行許可をどうにかもぎ取れるように、私が責任を持って交渉しましょう、ですからアメリカに移住なんて考えないでください、いいですね‼」

「は、はひ……。飛行許可が取れるのでしたら」

テーブルに前のめりになって、必死にそう告げる佐渡さん。

あまりの迫力に、思わず頭を縦に振ってしまったじゃないですか。

このあとは先ほどよりもピリピリした空気の中、写真撮影と書類の確認、サインなどを行い、午後二時には全ての作業が完了。

後日、私の自宅に詳しい書類が届けられるということになりました。

なお、異邦人証明書は、即日発行されましたよ。

国際異邦人機関が用意した証明書に、私が用意した魔石を組み込んで魔力波長を登録して完了だそうです。

ええ、十分もかからず終わりました。

この免許証大の異邦人証明書は、国が発行した公的な身分証明になるそうです。

「では、これで如月弥生さんの異邦人登録が全て完了しました。今後の活動その他につきましては、こちらから改めてご連絡差し上げますので……」

「はい、お手柔らかにお願いします」

「ですから、間違ってもアメリカ移住など考えないようにしてくださいね。貴方が日本国籍からアメリカ国籍になろうものなら、私共異邦人機関の職員が国会で吊し上げられるのですからね……」

「はぁ……そうですね。でも、魔法の箒での飛行許可が取れなかったら、私はアメリカに引っ越します、ここは譲れませんので」

もう証明書発行も登録も終わったので、堂々とこちらの要求を伝えます。

取ってしまえばこっちのもの、立場は逆転していますからね。

「ちょ、ちょっと待ってください、如月さん、さっきと話が違いませんか？」

「いいえ？　私は飛行許可を取ってくれるというので、日本の異邦人機関に登録しました。ということで、許可が取れないならアメリカに行きます、何も間違ってませんよね？　ではこれで失礼します」

立ち上がって頭を下げて。

あとは堂々と玄関に向かい、外に出た瞬間。

――ワァァァァァァ‼

大勢の人々の歓声と、大量のフラッシュ。

いくつものカメラがこちらを向いていますので、そのままス～ッと透明化の術式を発動します。

あとは箒に跨って上空へと移動、空を飛んでとっとと帰ることにしましょうか。

あまり表には出たくありませんので、自宅でのんびりと過ごすことにしますよ。

○○○○○

私が地球に帰還して、早一ヶ月。

その間、様々な出来事がありました。

まず、国連総会で私のことが報告され、世界初の魔導師の存在が明るみに出ました。

そのあとは諸外国から私に協力を求める声が集まっていると、異邦人機関日本事務局からも連絡が届きました。

国際異邦人機関日本事務局は私の飛行許可をどうにか取るために必死だったようですが、魔法の箒などというふざけたもので空を飛ぶなどあり得ないという反対派により、私の飛行許可は取り消し。

それだけでなく、私の持っている魔法について全て情報開示しろと言い始めましたので、異邦人機関に『アメリカに引っ越します、さようなら』って手紙を書きました。

その三日後、つまり今日ですけれど沢渡事務局長が北海道に飛んできて、今、私のうちの応接間で土下座しています。

「この度は、誠に失礼いたしました……」

「あの、いきなりやってきて、いきなり土下座をされても困るのですが。何があったのでしょうか？」

とりあえず、沢渡さんには土下座をやめて普通に座ってもらいます。

「いえ、如月さんが異邦人《フォーリナー》登録を行うときの約束事であった、自由に魔法で空を飛ぶことができるようにという件ですが。現状の航空法などと照らし合わせると同時に、有識者による相談も行った結果、不可能であるということになりました」

うん。凡その予想通りですよ。

だって、国会中継でも、そのことで激しい議論が繰り返されていましたからね。

あまりにも暇だったので、のんびりとテレビを見ていましたよ。

「まあ、そんな気はしていました」

「それとですね、貴方には急ぎ『純日本国魔導師』の育成を行わせるようにという指示が『内閣府異邦人対策委員会』にて決議されました。今後の如月さんは、異邦人対策委員会の指示により、未来の魔術師の育成をお願いすることになりますので」

「はい、お断りします。それでは短い付き合いでしたが、ありがとうございました」

話し合いはこれで終わり。

さーて、スティーブに連絡を取ってもらってアメリカに引っ越す準備をしましょう。

家族を放って一人でアメリカに行くのかと突っ込まれそうですけれど、別に、【次元の扉】を構築すれば、晩御飯を食べるのに日本に帰ってくることも簡単ですからね。

一度でも行った場所なら自由に移動できる扉ですから、日帰りどころか部屋から外に出る感じで使えるので便利ですよ。

「お待ちください!!まだ話は終わっていないのですよ」

「あ。そうなのですか？」

「はい。先ほどの話と関連しますが、私のツテを頼って裏技的にではありますが、国内での飛行許可を取れるようにできないか、ある方と相談をしてきたのですよ。これがその資料と書類ですので、ご確認頂けますか？」

——ガサガサッ
沢渡事務局長が大慌てで鞄の中から書類を取り出すと、テーブルの上に並べていますが。

フルカラーで綺麗な表紙です、どこかの組織のパンフレットでしょうか……あ、これって自衛隊の入隊募集パンフレットでは？

「これはなんですか？」

「はい。相談役との話し合いの結果、無理して法を曲げてまで飛行許可を取る必要はなく、正式に法の範囲内で飛行できるようにしたのです」

「ふぅん……」

一番上の書類を手に取って確認します。

『陸上自衛隊第1空挺団・入隊の手引き』

うん、そう書かれた書類が目の前にありますよ。

なんと、ただの自衛隊よりもやばいところのパンフレットでしたよ。

つまり！　この私に陸自に入って第1空挺団に所属しろということですね。

「あの？　私は空を飛びたいのですが、なぜに陸上自衛隊なのですか？　空なら航空自衛隊では？」

「ええ、その通りです。ですのでこちらの書類が、航空自衛隊飛行群飛行隊についての説明書になっています。この二つの組織のどちらかに所属してもらい、新たに編成される『魔導群魔導部隊』を率いてもらえるならば、任務ということで飛行許可は……」

「はい、ちょっとアメリカに引っ越す手続きがありますので、本日はこれにて失礼します」

「お待ちください‼」

無茶を言っているのは理解できますが、だからと言って最初の約束を反故にした挙句、空を飛びたければ自衛隊に入れなどと言ってくる日本政府に従う義理なんてありません。

「もしもこれ以上我儘を言うのであれば、貴方の異邦人登録は停止されます。そうなると収入その他も厳しくなるのでは？」

「はい、スティーブに連絡を取ってもらい、向こうの中央情報局にでも雇ってもらいますよ。ついでにアメリカ国籍も取得します、そうすれば国際異邦人機関アメリカ事務局に所属するだけですから。まあ、日本国内で飛行許可が出るのならば考えなくもない、ということにもなりますけれど」

「一つ教えてください。どうして、そこまで空を飛ぶことに執着するのですか？」

え？

だって、空を飛ぶって気持ちいいのですよ？

それも魔法の第一つで自由に飛ぶなんて、普通の人では経験できませんからね。

異世界で初めて飛行術式を解析し、自力で大空を飛んだ時の、あの光景。

空高い場所から、地上のすべてを見下ろした時の感動。

風を切って飛んだ時、私は大空を手に入れたって嬉しくなってしまいました。

それ以降、嬉しかったこと、辛かったこと、悲しかったことがあったときなど、私は手作りの魔法の箒で空高く飛んでいたのですから。

あの時の気持ち、あの感動があるからこそ、私は空に憧れ続けているのですよ。

異世界で見た光景が凄かった、それなら地球ではどう見えるのか。

幸いなことに、東京の国際異邦人機関に向かった時に、その一端に触れることができました。

だからこそ、空を飛ぶことが私にとって大切なのですよ。

「空を飛ぶのが好きだから……かなぁ？　あとは、魔法もなにもないこの地球の空を、独り占めできるから……という感じですね」

そもそも、私が異世界で最初に解析できた古代魔法が【飛翔術】です。

それ以外の基礎的なものは一通り学んですぐに身についたのですけれど、この飛翔術は私がはるか古代の魔導書を解析し、今の時代に蘇らせることができた秘術なのです。

そこから始まった、空を制するための様々な魔術の再生。

この私が向こうの世界で【空帝ハニー・ビー】と呼ばれていた理由もそこから来ました。

戦闘地域に高速で飛来し、蜂の一撃のごとく敵を瞬殺する。

巨大なドラゴンすら一撃で屠るという伝説の魔蟲、『ストライク・ビー』。それにちなんで『空帝ビー』というあだ名がついたのですけれど、女性だから蜜蜂、ハニー・ビーの方が可愛いということで【空帝ハニー・ビー】という称号まで授けられました。

それをスティーブが、昔懐かしいアニメみたいだって言い始めて【空帝ハニー】って省略して笑っていたのですよ。その方が呼びやすいしわかりやすいって言うことで、王宮魔導師団でも、空帝ハニーという呼び名で統一されましたから。

まあ、空帝ハニー・ビーという称号については、本当の理由はもう一つあるのですけれどね。

それはちょっと恥ずかしいので割愛です。

「そ、そんな……それでは、私はどうすればいいのか」

「まあ、どうしてもと言うのでしたら、空挺団でも飛行群でも構いません、私が任務以外でも自由に空を飛ぶ許可、もしくは航空法に追加で補足を加えてください。それならば、海外移住は考え直します。それができないのなら、アメリカに引っ越します」

「ありがとうございます‼」

最初の約束を反故にした挙句、逆に組織に取り入れようなどと勝手なことを考えている日本国に対しての当てこすりとも言えますが。

ここは引きません。

ということで話し合いも無事に終わり、沢渡さんは防衛省へ向かい、今のこちらの提案を提示してみると言うことになったようですが。

そもそも、国際異邦人機関日本事務局って、【天下り専用事務局】って言われているそうですからね。

兄貴がその辺りを詳しく調べてくれましたよ、私が所属を断ると規模縮小だけでなく、そこに所属している役員にも厳罰が下されるって話してくれましたよ？

「ふぅ。こういう時こそ、空を飛んで気晴らしをしたいところですよねぇ……」

そう思ったら即、実行。

魔導師の服装に換装して姿を消すと、壁を透過して外へ出ます。

あとは魔法の箒に乗って、一気に高度を上げます。

雲を突き抜け、更に上へ。

飛行術式により発生する結界により、高高度でも呼吸が苦しくなることはないです。

なによりも空気は魔法で生み出せるので、呼吸困難にもならないのですよ。

そしていつしか、高度二千五百メートルの成層圏へと到達しました。

「うわぁ……」

地平線？　そんな感じの場所がはっきりと見えます。

地球と宇宙の繋ぎ目が青白く輝いていて、そこから下が地球、上が宇宙だって改めて実感できましたよ。

もう少し頑張れば、国際宇宙ステーションまで届くかな？

確か高度四百八キロメートルだから……全然足りませんね。

でも、いつか飛んでいきたいですよね。

「あっちの世界じゃ、こんな風景は見えなかったからなぁ」

実は異世界では、この高さまで飛ぶことができなかったのです。

異世界の雲の上には天界と呼ばれる神々の頂、空に浮かぶ巨大な浮遊大陸がありまして。

天界は、地上の人々は向かうことが許可されていなかったのですよ。

そもそも、天界まで空を飛んで行くことができたのも私が初めてだったらしく、天界に住まう神々や亜神と呼ばれている半神の住人達も驚いていましたからね。

ええ、掴まって説教されて、天界まで飛んでくるなと忠告を受けて追い返されたのも良い思い出ですよ。

ちなみに地上に戻ってから、この話を国王に説明しましたところ。

『如月弥生を、神の使徒認定とする』

などという、馬鹿げた話にまで発展しましたから。

称号についてはどうにか辞退できましたけれど、私が天界にたどり着いたことは極秘事項となりましたからね。

「……うん、これから、どうしょうかなぁ……」

このままスティーブたちに相談して、外国に引っ越すのは簡単です。

でも、そうなったら今度は、家族にも迷惑が掛かるかもしれない。

だからといって、私のこの能力を他人の好き勝手にされるのも嫌。

そういうのは、あっちの世界で悪役貴族を相手にして、うんざりさせられたので。

「ふぅ、それじゃあ、沢渡さんの報告を待つとしますか……」

うん、そうですね。

彼だって、私と日本政府の間で板挟み状態ですからね。

いつまでも、子供のような我儘に付き合わせる必要もありませんよね。

「ん……このままラッキーピエロに飛んでいって、ハンバーガーでも買って帰ろうかな」

そうと決まれば高度を下げて。

飛行中の航空機がいないことを確認しつつ、高度百五十メートルまで下降。

無人飛行機、つまりドローンの飛行高度限界がこの高さだって兄貴が教えてくれたので、それに合わせて飛んでいきます。

あとはラッキーピエロが見えてきたら着地して、そのまま買い物をしてまた飛んで帰るだけですから大丈夫ですよね。

『有人魔法の箒での飛行による法律違反』なんて、存在しないはずですから。

存在しないよね……していたらまあ、その時はその時ということで。

○○○○○

——そして七日後

朝。

私の家の応接間で、沢渡さんが土下座しています。

今日も見事な、シンメトリーな土下座ですよ、見ていて惚れ惚れしてきます。

あまり大人の土下座なんて見たくはないのですけれどね。

「はぁ……今日はいったい、何があったのですか？　沢渡さんの土下座はもう見飽きたのですが」

「先日の件ですが。あれから何度も異邦人対策委員会で検討に検討を重ねてきた結果として、如月弥生さんには防衛省陸上自衛隊第1空挺団所属が適切であるという結論になりましてですね……その、飛行許可その他につきましては、こちらの資料を基にご確認いただけると幸いなのですが……」

そう説明しつつ、提出された書類。

そこには、まず地上から高度四・三メートルまでの飛行制限、且つ一般公道での飛行許可が記されています。

そして公道以外での飛行許可については、航空法第百三十二条に付加条項として『魔導による有人飛行の制限』『魔導による有人飛行の高度制限』というものが追加されています。

かいつまんで説明しますと、魔導具での飛行は『ドローン』と同等の飛行制限に加えて、通信機器などを搭載した場合は『一般航空機』と同等の条件として許可するといったことが記されています。

加えて『異邦人登録者』は、カテゴリーⅢまでの飛行許可を『申請の必要なく』行うことができるということになったそうです。

うん、カテゴリーとかそういうのについては、まだ珍紛漢紛《ちんぷんかんぷん》です。要・勉強というところですか。

「つまりは、簡単に説明していただけますか？」

「如月さんは、陸上自衛隊第1空挺団に新たに併設される魔導群に所属、そこで魔導編隊を編成して任務にあたってもらう……という名目でならば、飛行許可を出すということになっています。また、そのためにはいくつかの免許を修得してもらう必要があるので、約半年間の訓練に参加してもらうことになりますが」

「ほほう……それってつまり、私に陸上自衛隊に入れということですか」

先日受け取ったマニュアルで、空挺団についての基礎知識は頭の中に網羅しています。

そのうえで、私に適性がないことも理解しています。

「ですが……その……」

「はい、私の身長ですね。規定では百六十一センチとなっていますけれど、私の身長は百五十二センチ、確かに九センチほど足りませんけれど……」

「そうですね。確かに第1空挺団に必要な基本降下課程への入校条件、これは百六十一センチが最低条件です。ということで、その条件をクリアできるようになるまでは、陸上自衛隊の女性隊員として入隊し、魔導師の育成を行ってもらうということに……ん、何をしているのですか？」

沢渡さんの説明を聞きつつ、私は右手でクルリと魔法陣を描きます。

これは自身の体の形状を骨格レベルで変化させる術式、これによって私は一時的に身長を自由な大きさに変化することができるのです。

今は沢渡さんの目の前なので、身長を少しだけ大きくする程度ですけれど。効果時間の延長を行うことで、ほぼ固定することも可能です。

そして身長を伸ばして立ちあがって見せると、沢渡さんは呆然とした顔で私を見ていますよ。

「ま、まさかとは思いますが、それも魔法ですか……」

「はい。これで身長制限もクリアできますよね。恐らくは私の入隊資格が満たされていないとか難癖付けて時間を引き延ばすとか、そういう絡め手だったのでしょう？ さっき、そう話していましたよね？」

そう問い返すと、沢渡さんが懐から取り出したハンカチでにじみ出る脂汗を拭い始めます。

どうせ、背が伸びたら第1空挺団に入隊可能だから、それまでは魔導師育成でも行いつつ待っていて欲しい。とか、そういうことだったのでしょうね。

今だって、そう話していましたよね、しっかりと聞こえていましたからね。

「い、いえいえ、とんでもない。それと、自衛隊の規律は厳しくてですね、特にその、女性の頭髪規定では、如月さんの髪型は違反……とは言いませんが、ふさわしくないのですよ。せめてショートカットにできないものかと防衛相の上層部でも話題に上がっていまして」

ふむふむ。

それについての規定も調べてあります。

女性の長髪は『禁止』ではなく『ふさわしくない』ですよね。

禁止されているのはポニーテール、私は普段は三つ編みにして魔力の拡散を封じていますので問題はなし……ですよ。

「まあ、三つ編みなら問題はありませんよね? ちなみにショートカットになったら魔法が使えませんので、人に教えることもできません。ここは魔導師としては譲れませんので、三つ編みの許可を求めます。まあ、三つ編みで纏めておけば問題はないはずですからね」

「は、はぁ……確かにその通りです。では、如月さんの今の意見も報告しておきますので、登録をお願いします」

ということで、私は二つ返事で陸上自衛隊に入隊することにしました。

そこからは一時的に千葉県船橋市に引っ越し、陸上自衛隊の教育課程を経験。

そののち空挺訓練生に編入し幹部特技課程および初級陸曹特技課程というものを受ける。

ここまで終了して、ようやく第1空挺団『魔導編隊』という部署に配属が決定しました。

ここに至るまで、紆余曲折の日々が過ぎさりましたよ。

いつのまにか私が戻ってきて最初の冬が訪れ、そして雪が解けて春となり、ぐるりと季節が巡って二度目の春、私は正式に空挺団への配属となりました。

この間に必死に取った免許の数々、加えて航空学生と共に学んだ空に関する基礎知識の数々。

所属が陸上自衛隊であるがゆえに、戦闘機の訓練はありませんし、飛行教育隊への正式な編入もありません。そのため私は戦闘機の操縦はできませんけれど、『魔導飛行許可』ということで、唯一無二の『深紅のウイングマーク』という航空徽章を得ることができました。

ウイングマークとは、パイロットに与えられる飛行免許のようなもの。

これを所持しているということはすなわち、ようやく自由に空を飛べるのですよ。

そして無事に配属が決定。

私の勤務地は船橋の第1空挺団ではなく、なぜか『北部方面隊・札幌駐屯地』。

そこに作られた『北部方面隊所属第1空挺団魔導編隊』というところに配属となりました。

本来ならば船橋の第1空挺団配属のはずですが、どうにもこうにも政治的理由で、私を首都圏およびその近郊に置くには危険であると判断されたらしいです。

そもそも、第1空挺団の所属は陸上総隊直轄なので、北部本面隊所属というのも建前だとか。

加えて、私が育った北の大地ならば、同じような環境で新たな魔導師を育成できるのではという話にもなったとか。

「まあ本音を告げますと、防衛省としては異邦人《フォーリナー》登録されている貴方をどう扱ってよいものかと、対応に困っていたのですよ。しかも、異邦人《フォーリナー》の特性なのかわかりませんが、身体及び精神力が我々とは大きくかけ離れており……いわば一人魔導大隊という評価をされています」

淡々と説明してくれるのは、第1空挺団長兼習志野駐屯地司令の近藤勇二陸将補。

私が第1空挺団に正式配属された時、そう説明してくれました。

へんに誤魔化されるよりも、この人のようにぶっちゃけてくれると非常に助かります。

それに異邦人《フォーリナー》特権というものがあるそうで、勤務地についても強要はできないということが記されているそうです。

これはつまり『変にへそを曲げられて外国に行かれないよう』にするための決まりだとか。

そもそも、この異邦人《フォーリナー》特権があったからこそ、ここまで短期間で第1空挺団に配属されたようなものですからね。

普通なら3曹になるためには、最低でも三年近くかかりますからね。

これについても、通常の手順で第1空挺団に配属となり飛行許可が出るまでには、最低条件として空挺訓練生としての訓練を受けること、空挺レンジャー課程を受けることなど、とにかく細かい決まりがあったのですよ。

臭いものには蓋をしろ、じゃないですけれど、他の士官に悪影響だとか、なんとかかんとか言われて誤魔化されましたよ、ええ。

「……ゆえに、貴方には北の大地で新たな魔導候補生を育成していただくということになったのです。なお、災害対策や大事故の復興、その他の要因が発生したときは、文字通り船橋まで飛んできてもらい、作戦に参加していただくことになっています。配属先が北部方面隊なのは、北海道には陸上総隊の専用施設がないという理由だけです。各方面隊も陸上総隊の指揮下にありますので」

「はい。如月弥生3等陸曹、北の大地にて任務にあたります」

「よろしい。まあ、君の扱いについてはかなり政治的な干渉もあり、同期に陸自に配属になった者たちからもやっかみとかはかなりあったのだが。それらをすべて『実力』で排除したのだから、その階級については誇ってくれて構わない」

うん、これについては乾いた笑みしか浮かんできませんよ。

あっちの世界で過ごしているうちに、私の身体能力やその他の技術などが全て、『異世界準拠』に鍛え上げられていましたからね。

同期で陸自に入っていた士官の中でも、私の身体能力はトップを驀進していました。それを踏まえて、かなり強引なスケジュールで訓練を行ったのだが……そもそも、体力徽章、航空徽章、レンジャー徽章、空挺徽章の四つを一度に所持するなど前代未聞に近い。空の怖さと楽しさを理解している君ならば、きっとこの先も活躍してくれると思う……

まあ、我々が活躍する事がない平和な時代を望んではいるのだがね」

うんうん。

戦う技術なんて、平時には必要ありませんからね。

地球ではダンジョン攻略もなければ、モンスタースタンピードも発生しません。

勘違い貴族によるクーデターなんていうものも、この平和な日本では存在しませんから。

さっき話していた体力徽章だってチートステータスの賜物ですし、航空徽章だって魔導兵装限定の赤いウイングマークですからね。

この色も私が自衛隊に所属する際、所属魔導師を示す色として深紅が採用されたそうで。

私の所有する第1空挺団部隊章・空挺徽章・航空徽章も深紅に染まっているのです。

ということで、レンジャー徽章と空挺徽章は、第1空挺団に配属されるために必死に取りました。

これでようやく好き勝手に自由に空を飛べるのです。

「はい、肝に銘じておきます」

「よろしい。それでは如月3等陸曹、貴方の今後に期待している……と、ここまでで、本日の任命式は終了なのだが……その、ちょっと教えて欲しい。わしは、魔導について適性はあるのかな?」

近藤陸将補がこっそりと、私の近くまで歩いてきて耳打ちしてくれます。

正直いいますと、地球人には魔導適性はほとんどありません。

世界樹が大地のマナラインから魔力を汲みだし、それを大気中に放出するという異世界で当たり前のシステムが存在しないから。

その代わり、地球には似たような存在として『龍穴』『龍脈』『レイライン』といった星の力の脈動が存在します。

これがマナラインと非常に近い性質であり、異世界から戻って来た私は、ここから力を得て魔法が使えるようになっています。

まあ、魔法陣でコンバーターのようなものを構築して変換しているのですけれど、変換効率もそれほど悪くはないので、どうにか賄えているレベルですね。

そして目の前の陸将補の魔力適正については、私は魔法により簡単に鑑定する事が出来まして。

こっそりと無詠唱発動して、簡単な対人鑑定を行ってみました。

「そうですね……近藤陸将補の魔力適性値は〇・一二五、悪くはありませんけれど魔導適性があるかどうかということについては、皆無と申し上げます」

「そうか、それは残念だったな……ありがとう」

そう告げる陸将補に、私は頭を下げて敬礼を返します。

自衛官は室内では脱帽しているため、挙手による敬礼は行いません。

つまり、今私が行ったのは、腰を十度に折る敬礼です。

ちなみに外で帽子を被っている場合の敬礼は、挙手の敬礼となります。

自衛隊では一つ一つの挙動が定められているため、覚えるまでが大変なのですよ。

これで船橋でのすべての訓練課程は終わり、私は晴れて北の大地にお引越しとなりました。

さらば第1空挺団、ありがとう同志のみなさん‼

パラシュートなしで飛行降下訓練に参加して空を飛んで全力で怒られたことも、迫撃砲の実弾射撃訓練で『必中の術式』を組み込んで怒られたりした日々は忘れません。

ええ、魔法で訓練を簡単にするなとも怒られましたし、ちゃんと銃を使って射撃しろとも怒られましたよ。マジックミサイルの方が効率は良いので、それを銃に付与して管理課の人に怒鳴られたこともありましたね。

あとは、サバイバル訓練時に魔法で姿を消して怒られ、最後の訓練であった統合行動では期間中飲まず食わずでもケロッとしていましたから。

冬季レンジャー過程では、訓練中に遭遇した羆を無手で蹴散らし……というか、あれは偶然のできごとでしたから、羆を宥めて素直に巣穴に帰るように促しただけですからね。

はあ、そういえば『特殊作戦群』への参加も促されているようでしたけれど、私の場合は有名になり過ぎてしまったので、任務に支障があるとかで保留だそうで。

そして習志野駐屯地を後にするときも。


『もう帰ってくるなぁ！』

『北の大地に埋まっていろ‼』

『次の任務では、背中に気を付けろ‼』


といった垂れ幕を降下訓練用の鉄塔からぶら下げての盛大なお見送り、ありがとうございます。

なるほど、別名が『第一狂っている団』といわれているだけのこともありますね、気合が入っている方々も多かったですよ。

だから私も、手を振って見送ってくれている同志の皆さんに向かって、親指で自分の首を掻っ切ってから、地面に向けて親指を力いっぱい下げて見せました。

「今度会ったら、空から眉間をうち抜きます！」

「やれるものならやってみろ、このくそビッチ！」

「せいぜい夜道に気を付けろよ‼」

「次の合同演習を楽しみに待っているからな！」

「お土産は白い恋人を頼む！」

はいはい。

これ以上ここにいると別れが辛くなるので、これで失礼します。

最後は正門から深々と頭を下げて、そして挙手の敬礼。

さて、一週間の休暇ののち、北海道での仕事が始まりますよ‼

○○○○○

私が習志野駐屯地から札幌に戻ってきても、特に大きな変化はありませんでした。

３等陸曹以下の自衛隊員は、寮生活を余儀なくされます。

ちなみにわたしは空挺団所属ということもあり、常に非常事態に備えるという理由で札幌駐屯地外にある寮に入ることになりました。

正確には敷地内なのですけれど、女性隊員の宿舎は駐屯地の中を走る市道を挟んで建っているため、駐屯地外と区分されているとか。

まあ外出外泊その他は、全て許可を取らないとならないそうで。

色々と大変ですよ。

そして配属から一週間。

私の日々の仕事はというと……。

「はい、これもだめ……この人もだめ……って、あの、小笠原1尉、この書類審査って意味があるのでしょうか？」

平時の私の課業。

午前中は空挺団に正式に所属している隊員として、北部方面隊所属の空挺予備員と合同の訓練などを行っています。

ちなみに午後からは、魔導編隊員としての事務仕事がありますので、合同訓練はお休みです。

今の私の主な仕事は、『魔導編隊』を設立するにあたって魔力適性のある人材を発掘すること。

そのためにも心身ともに健康であり、積極的に魔導を学ぶ意思があるものを選抜する必要があるのですが。

現行法では、民間人の魔法修得についてはなんら制限がないのですが、それらを取り締まるための法律が間に合っていないのです。

そのため、一般市民の魔術修得については原則、禁止はされていないものの、それを行使することは禁止されているそうです。

そして私は、魔導編隊に所属したい魔力適性者を見つけるのが、今の仕事なのですが。

「意味はあるわよ？　例えば、ほら、この人は自由国民党の○●議員の息子さんで、今後のこともあるので是非とも息子を魔導編隊に所属させてほしいっていう手紙が添付されていたのよ」

「はあ、つまるところは縁故採用ですか？」

「そういうことね。あわよくば自分の息子にも魔導師になってもらい、今後の自身の立場を盤石にしたいっていうところでしょうね」

「はぁ。それじゃあ、この議員の息子も没ということで」

ダン、と書類に『不適格』のハンコを押します。

そもそも、こんな書類選考程度では、体内保有魔力を測ることなんてできないのですけれどね。

「そもそも魔導師を名乗るためには厳正な審査や基準があるので、地球人では無理ですよ。せいぜい魔法使い程度でおしまい、魔術師すら不可能だと思いますよ」

「ふぅん、魔法使いの世界も、色々と難しいのねぇ」

はい、小笠原1尉のおっしゃる通り、魔導の道は険しいのです。

「そういえば。魔力適性を測るための、何か測定器のようなものを作れないかっていう問い合わせが、総監部から来ていましたよ。いくら議員の頼みとはいえ、使えない人材を雇ってただ飯を食べさせてあげる必要なんてないわよね？ だから魔力適性を調べてふるいに掛けたいそうですけれど……」

なるほど、そういうことならやぶさかではありませんね。

ここは一発、私があっちの世界で作り上げた魔力測定メーターを使うことにしましょう。

「あ、ありますよ、そういう魔導具でしたら」

――パラララパッパラ～

アイテムボックスから取り出した、大きな柱時計。

これは私が作った、魔力適性値を測る計測器です。

文字盤が計測値を表していまして、正面に填め込まれている鏡面の測定板に触れることで、その人の保有している魔力を計測し数値を指すように作られています。

そしてなんと、魔力適性値が高いものが触れると、鳩が出てきてクルッポーと鳴いてくれるのです。

「……という測定器ですけれど。ちなみにこれ、一つしか存在しません。それに新しく作るのも、かなり難しいと思われます。小笠原1尉、私はこれを担いで全国行脚の旅に出たいと進言します」

「つまり、それを使って各地で魔力適性のある人を選抜するということですか。でも、それはあなた自身が行う必要はないのでは？」

「いえ、この魔導具の起動には、私の魔力を注ぎ込む必要があります。なによりも他人任せにして、適性がないものがこっそりと選ばれるようなことはあってはならないと思っています。ほら、さっきのナントカ議員の息子さんなんて、後ろから圧をかけて何かしてきそうですから」

そうですよ。

私の部下になる人材を見つけるのですから、私自身が審査を行わないでどうするというのですか。

そのためにも、全国行脚の旅を許可してください。

もう、事務仕事でここに閉じこもっていると、空も満足に飛べないのですから。

休暇申請は受理されるので、毎週日曜日にはツーリングと称して空の旅を楽しんではいますけれど、魔法の箒で全国を飛び回ってみたいじゃないですか。

欲望まる出し、大いに結構。

私はそもそも空を飛ぶために、ここにいるのですからね。

「うーん。とりあえず、北部方面隊総監部に申請をする必要があるわね」

そう呟いてから、小笠原1尉がなにやら書類の準備を開始。

十分ほどで一通の書簡を用意すると、私にそれを手渡しました。

さすができる女、北部方面隊司令部付総務の経験者です。

今は北部方面隊、第1空挺団魔導編隊隊舎事務官という長々しい肩書になっているそうですけれど。

この隊舎だって、士官である小笠原1尉以外にも、数名の事務員が仕事をしていますからね。

私がここに配属される際に、急遽割り当てられた隊舎ですから。

「では、如月3曹、この書類をもって総監部へいってください。あとは向こうで処理してくれると思いますから」

「はい……って、あの、総監部ってどこにあるのですか?」

「道路を挟んで向かい。あの旗がたなびいている建物が総監部だからね……って、敷地内施設の説明をした時に、しっかりと話してあったはずだけれど」

はい、きっぱりと忘れていましたよ。

そもそも、そこは私のような下っ端がいっていい場所ではありませんよね?

「はい、如月3曹、総監部へ向かいます」

あとはもう、流れに身を任せて総監部へ。

受付の事務員に書簡を手渡して、そのまま応接間へ移動。

北部方面隊総監である畠山陸将の待つ部屋へと連れていかれました。

「よく来たね、如月3曹。君がこの北部方面隊に配属されて以来かな……」

「はい」

余計なことは言わない。

それが人付き合いをうまくスムーズに進めるコツ。

異世界で学んだ処世術です。

「さて、この書簡は拝見させてもらったよ。君の部下を選抜することについての私見だが、君の思うようにやりなさい。縁故とかしがらみとか、そういうものは一切考える必要もない。君にとって必要な人材をそろえればいいから……」

「はい、ありがとうございます」

「とはいえ、全国各地を旅するというのもいささか問題がある。それでは時間がかかりすぎるので、各部方面隊総監部のある地域に限定して行うように。こちらで詳しいスケジュールを調整し、そののち小笠原1尉に連絡するので……以上だ」

――ビシッ
腰を折って頭を下げます。

そして踵を返して部屋から外に出ようとしたのですけれど。

「ゴホン……ちなみにその測定器を使えば、私の魔力適性値もわかるのかな?」

少し照れながら問いかけて来る畠山陸将。

うん、どうやら近藤陸将補と同じですね。

やっぱり異世界の恩恵、魔術については興味があったようで。

すみやかにその場に魔力計測器を取り出して設置し、わくわくしている畠山陸将の魔導適性を測ってあげました。

結果は推して知るべしということで、それでも近藤陸将補よりは高かったので満足そうでしたよ。

…………

……

：

——千葉県船橋市

私が申請した魔導編隊員選抜試験、そのための準備として、私は一時的に第1空挺団へ出向という形でやってきました。

「うん、三か月ぶりかな……随分と元気そうだね」

「はい、近藤陸将補もお元気そうでなによりです。今回は私の願いを聞き入れて頂いて、ありがとうございます」

習志野駐屯地を訪れた私は、すぐさま近藤陸将補に面会を求めました。

そして一通りの挨拶や説明事項を行った後、明日から始まる選抜試験の注意点などを全て説明。

魔力計測器も取り出して、実地での使い方や検査結果がどのように表示されるのかなど、事細かに説明させていただきましたよ。

「つまり、この巨大な柱時計に手を当てるだけで、魔力適性値を測ることができるのか……」

「はい、試しに触れてみますか？」

そう問いかけると、近藤陸将補も恐る恐る鏡面部分に手を触れます。

すると針がゆっくりと動き、文字盤の一二六という部分で停止しました。

「おお、これはすごく上がっているのか？」

「いえ、一二六はつまり、魔力適性値〇・一二六。おめでとうございます、以前よりも〇・〇〇一ほど上がりましたよ」

「……それは、喜んでいいのか？」

うーん。

どうして上がったのか、その理由ははっきりとわかりませんが。

その日の体調や環境補正で〇・〇〇一から〇・〇一の範囲での誤差は生じることがあります。

「まあ、誤差ですね。ですが基礎訓練を行えば、もう少しは上がるとは思いますけれど……それでも魔法を身に付けるために必要な魔力値の一・〇までは程遠いかとおもいます」

「あ～、わかったわかった。では、明日からの審査、よろしく頼むよ」

「はい、それでは失礼します」

ビシッと敬礼して指令室から立ち去る私。

このあとは夕方まで自由時間なので、検査会場のチェックとダミーで用意した検査用紙の確認を行います。

そのために事前に資料などが運び込まれた公民館へと向かいますと、すでに派遣されていた1等陸士や2等陸士が、事務官のみなさんと念入りに確認を行っていました。

「ご苦労様です‼」

事務官の方の言葉と同時に、作業をしていた陸士の方々が立ち上がって敬礼します。

駐屯地外での任務なので着帽状態、つまり、良く見る挙手での敬礼です。

しかも私が上官なので、受ける側なのですよ、ああややこしやぁ。

「はい、ご苦労様です。状況はどうですか？」

「すべての作業は完了です。今は、明日の本番のための予行練習を行っているところでした」

「なるほど……では、あまり無理をし過ぎないようにしてください」

それだけ告げて、あとは会場を巡回。

「とほほ……やっぱり年上の人に敬礼されるのは慣れないよぉぉぉ」

階級は私が上であり、且つ、レンジャー徽章持ちということで皆さんの関心の的となっています。

そもそも空挺団に配属になって色々と実地訓練を受けたのち、異邦人《フォーリナー》特権で昇進した私には、どうしても羨望のまなざしと嫉妬が集まるのですから無理もありませんでしたよ。

そういう輩は空挺団内では実力でねじ伏せてきましたけれど、平時の札幌駐屯地や出向先で年上の人に敬礼されるのは慣れませんってば……。

その上、数年後には幹部候補生にするとか言ってましたからね、あの近藤陸将補は。

そんなこんなで会場を巡回していると、見慣れない人たちが廊下をうろうろとしています。

まあ、公民館では和室と歌謡室の貸し出しもしているようですから、そっちの関係者なのでしょうけれど。

「あ、やっべ‼」

そして私を見て、一言呟いて逃げましたが。

なにがやばいのでしょうかねぇ……魔力をマークしておきますか。

――キィン
「七織の魔導師が誓願します。我が手の前に一織の魔力印を与えたまえ……我はその代償に、魔力五十を献上します。対象者の魔力をマーキング。魔法地図にて追尾をお願いします」

素早く人差し指を回して術式を展開。彼らの持つ魔力波長を『魔法地図』という術式とリンクさせて追跡開始。

これで私が魔法地図を展開したら、登録した魔力は光る点として表示されます。

それにしても、彼らはいったい何者なのでしょうかねぇ。


………

……

…


翌朝。

午前八時、私は現地入りしました。

そして会場入り口に、柱時計型計測器を設置。

会場に入る前に、手続きが終わった方から順番に鏡面部分に触れさせるようにと担当にも指示を出してから、私は魔力を注いで計測器を稼働させます。

――ポッポーポッポー
はいはい、私の魔力に反応していますね。

「それでは、ここの担当はよろしくお願いします。手順としては受付で書類を確認後、ここで計測器に触れてから中で必要書類に記入。あとは用紙の右上にある魔力印に指をあててもらって終わりです。その書類を回収後、後日審査結果を返すということで間違いはありませんね？」

「はい。如月3曹は試験監督ですので、会場もしくは計測器の近くで待機してください」

「了解です。それではよろしくおねがいします」

敬礼のち移動。

今回、これだけ面倒くさい手順を踏む理由は、計測器に触れた魔力と書類の魔力印に登録する魔力、これをリンクさせるため。これで正確な数値を計測するのです。

今後は、この魔力印が魔導編隊登録書類の確認に使用されるので、大切な仕事なのですよ。

さて、開場は午前九時からなので、今のうちに空腹を紛らわせるために控室に戻っておにぎりを頂きましょう。

そして時間がくるまでのんびりと待機していますと、やがて開場したという連絡が届いたので急ぎ持ち場へ。

「……これはまた、予想外ですね……」

集まっている人たちは、現役自衛官だけではありません。

すでに退役した自衛官たちも集まっていますし、なによりも『書類選考』を通過した民間協力者や普通の社会人まで集まっていますから。

ええ、この魔導編隊隊員選抜試験は、一般からも広く人材を集めています。

ここでの魔力測定をクリアした人たちは、このあとは第1空挺団に所属すべく陸上自衛隊に配属されたのち、レンジャー徽章、空挺徽章、赤い航空徽章《魔導ウイングマーク》を保持してもらう必要があります。

すでに『狂っていやがるムキムキマッチョメン』たちが、習志野演習場で拳を鳴らして待っていますよ。魔力だけで選抜されるとは思わないでくださいね……っていうことも、手渡す書類に書いてありますから。

そんなこんなで多少の混雑はあったものの、この検査で受かっても陸上自衛隊所属だからね、魔導編隊に正式採用になるためには空挺団に所属しないとだめだからね、という説明を幾度となく繰り返しているうちに、気が付くと夕方四時。

あと三十分で最終受付も完了というところで、三人ほどの青年が受付にやってきたようです。

「ご苦労様です。こちらが書類ですので、そちらの計測器に触れてから、会場で書類を確認。必要事項を記入の上、係員に提出してください」

「なるほどねぇ……あ、これ、受付に渡すように言われてきたので」

三人組が書類を受け取ってから、受付に何かを手渡します。

そして計測器に触れることなく中に入っていったので、あの三人は自動的に失格ですね。

「如月3曹、こちらを」

「へ？ 私に手紙なの？」

受付の女性が困った顔で、先ほどの三人の渡してきた手紙を持ってきます。

そしてその場で手紙を拝見すると、三人の衆議院議員の連名で、『手紙を持ってきた三人に対して便宜を図るように』と書いてありますが。

「ふぅん。この議員って阿呆なのかなぁ……こんなわかりやすい証拠を残すなんてさ」

「まあ、先ほどの彼らは二世議員の息子たちですから。そもそも親の七光りで議員になったような人ですし、その息子だってあんな感じですよ……」

「うわ、辛辣……って、あれ？ この名前って？」

ええ、書いてあった議員のうち、二人は国際異邦人機関にアドバイザーとして登録されている天下り議員と同じ名前ですなぁ。

いやあ、親子三代で腐敗しているとは、なかなかやりますなぁ。

そんなことをニヤニヤと笑いつつ考えていると、会場外でカメラを回している報道関係者を発見しました。

「ん？ あれはいったいなんでしょうか？」

「地元のテレビ局の取材ですね。会場内の撮影は許可していませんけれど、外からの撮影は許可してあります。まあ、広報を通して連絡も受けていますので問題はありませんけれど」

「あ、そうなのか。それじゃあ挨拶でもしてきますか」

受け取った手紙を仕舞い忘れて、それをひらひらと持ったまま外に出ます。

そしてこちらに頭を下げているディレクターに軽く一礼しますと、ご苦労様ですと一言だけ。

あ、カメラは回っていたのですか。

「あの、如月3曹、一言よろしいでしょうか」

「そうですね。私がインタビューに答えることについては広報を通していないので。ほんの少しだけ……本日はご苦労様です。お陰様で大勢の方が、魔導編隊に配属すべく試験を受けにいらっしゃってくれました。この中に、未来の魔法使いがいるかもと思いますと、なぜかわくわくしてきますね」

「そうですね。ちなみにですが、如月3曹から見て、魔法使いになれそうな方はいらっしゃいますか?」

「それはまだわかりませんが……そちらに設置してある計測器に触れるだけで、ある程度の魔力適性は図ることができます。まずは魔法使いとしての適性があるかどうかを判別します。そのあとにつきましては、陸上自衛隊に所属してからの話ですから。誰でも簡単に魔法が覚えられるわけではありませんので、その部分だけはしっかりとご理解いただきたいとおもいます」

あら、偶然ですけれど、手紙の文面が表向きになっていましたか。

これだとカメラに映ってしまいそうですね、いけないいけない。

「あの……そちらの手紙は重要書類では?」

「おおっと、受付に届けられた手紙を持っていたのを、すっかり忘れていました。これは大変ですね」

大慌てで手紙をしまうと、ディレクターがなにやら苦笑いしています。

うん、カメラ越しにですが、書かれている内容が全て見えたのでしょうね。

これは、夜のＹｏｕＴｕｂｅやＴｗｉｔｔｅｒが面白いことになりそうですよ。

「それでは本日はこれで失礼します……と、そうそう、撤収作業中も計測器はおいておきますので、気になるようでしたら触れてみても構いませんよ? あの鏡面部分に触れれば魔力適性値が表示されますので、片付けが終わるまではご自由にどうぞ」

「はい、ありがとうございます」

ということで、あとはニコニコ笑顔で会場へ。

そして定時になって片づけを始めると、無線で近藤陸将補から連絡が届きましたが。

『如月3曹、撤収作業終了後に、習志野駐屯地まで出向するように』

はい、近藤陸将補は激オコ状態ですね。

どうやら、あの手紙とか文面が、Ｔｗｉｔｔｅｒとかに上がっているのかもしれません。

それじゃあ手紙はアイテムボックスに収納して、私は撤収作業を始めるとしますか。

○○○○○

はい。

撤収作業の最中ですが、生中継を見た近所の人たちが集まって計測器に手を当てています。

確か会場撤収は十七時、会場内の撤収は完了していますが、入り口外に設置されている計測器の前には、大勢の人が並んでいます。

そして今の時刻は、十八時三十分。

いつまでも埒が開かないので、現時点で並んでいる人たちで終了とし、撤収するように指示を出しました。ええ、ここは現場監督である2曹にお願いしまして、私は急ぎ習志野駐屯地へ。

そのまま真っすぐに陸将補の元まで案内されて、部屋に入ったら開口一番。

「……まったく。いくら縁故採用に嫌悪感があったとはいえ、ああまで露骨なことをされると、クレームが届くのは目に見えているじゃないか。今、あの三人の親である議員たちが緊急記者会見を行っていて、濡れ衣をかぶせられたって叫んでいるところだ」

「まあ、それなら監視カメラに残っている映像も流しましょうか。あの子供たちの顔も、手紙を渡すところも、まとめて映してあります」

これは受付で苦言を呈したり暴力を振ったりする輩が出ないようにと、保安のために私が用意させたものです。ほら、異世界じゃ貴族の罠で、この手のことはよくあったものですから。

あとで言った言わないだのということにならないように、カメラは用意してもらったのですよ。

もっとも市販品ですけれど。

「はぁ、それも提出しなさい。それで、あの三人に適性があったらどうするつもりだったのだね？」

「その場合、最初は陸自に配属ですし、そもそも第1空挺団に入れるだけの根性があるとは思えません。レンジャー徽章を得られるかどうか、そこまでまともに勤め上げられれば素質ありということです。そもそも、あの三人は計測器にも触れていませんから失格です。上官の話も聞かないガキの面倒は見たくありません‼」

「……わかった、あとはこちらで処理しておく。さがってよし」

おっと、おとがめなしですか。

それはありがたいです。

「失礼します」

敬礼をして部屋から出て。

そのまま第1空挺団の詰所まで移動し、隊舎内のコンビニに移動。

そこでコーヒーを購入したのち、第1空挺団隊舎でのどかなティータイムを楽しんで気分を直してから、再び撤収作業に向かう事にしましょう。

そして後日、私の元にも、とある政治団体から謝罪要求の手紙が届いたのですが。

受付から始まった一連の映像を流しながらの謝罪でよいのならと返答したところ、その翌日からは一切のクレームが届かなくなりました。

それと同時にインターネットでも、あのテレビ中継の動画が次々と削除されたものの、やはり魚拓を取っている人は大勢いたようで、そちらの騒動が集結するのは今しばらく先になりそうです。

余談ですが、私は減俸三か月の処分を仰せつかりました。

名目は自衛隊広報部などの後方関係部所を通さないで、勝手に取材を受けた……ということでの処分でだそうです。

まあ、それでも異邦人《フォーリナー》手当は自衛官になっても支給されるので、よしとしておきましょう。

新宿大空洞～Second Mission～

夏の暑い盛り。

突然の事件発生により、習志野駐屯地から札幌駐屯地へと緊急要請が届いたのは、そんな暑い日の午後のことでした。

「東京都心で、陥没事故ぉ？」

「ええ。新宿三丁目交差点を中心に、直径二百メートルの建屋切断および陥没事故が発生。付け加えて陥没した空洞の底は視認できず、ガス管等のライフラインも切断されてしまったらしいわ。現在は周辺住民の避難誘導のために練馬駐屯地から第一普通科連隊が出動し、切断された建屋に取り残された人々を始めとした避難誘導、および周辺区域の封鎖を開始しています」

その小笠原1尉の報告を受けて、慌てて隊舎事務室のテレビをつけますと、ちょうどニュースでそのことが放送されている真っ最中でした。

新宿十字路を中心とした直径二百メートルが陥没し、空洞が地下深くまで伸びています。

同様に、陥没した部分に面していた建物も、円筒形の刃物ですっぱりと切断されたように切り取られ、空洞に飲み込まれてしまっているようです。

残された建屋も構造上崩れそうな部分は倒壊し、空洞へと崩れ落ちている姿も見えます。

そして現在、陥没空間に飲み込まれてしまった人たちの安否は不明とのこと。

「ということで、如月3曹は急ぎ第1空挺団と合流してくださいとのことです。現地で即応魔導編隊の編成が行われるらしく、ヘリによる空洞内部への降下作戦も検討されているそうです」

「ちょ、ちょっと待ってください‼ガス管が切断っていうことは、最悪の場合は内部にガスが充満しているっていうことですよね？　そんなところにヘリで降下だなんて……って、そうですか、私の出番ですかぁぁぁぁ」

「そういうことね。魔導編隊によるヘリボーン作戦を行うそうよ。魔法なら、可燃性ガスの中でも平気なのでしょ？」

いや、まあ、そうですね、はい。

あっちの世界でも、崩れた廃坑道からドワーフの抗夫さんを助けたことがありましたから。

その時と同じか。いや、あれよりもたちが悪いですよ。

「それでは、如月3曹、至急習志野駐屯地に向かいます」

「到着予定時刻は？」

「全速力で十五分です」

「はぁ、現地の車両よりも早いわよ、それって……」

ということで、赤いウイングマークを襟につけてから、札幌の丘珠空港に駐在している北部方面管制気象隊へ通信を入れます。

実は、丘珠空港って日本で唯一、陸上自衛隊が管制を行っている空港なのですよ。

そこに連絡を入れて作戦開始にともなう飛行連絡を行うと、私は魔法の箒に乗って超高速で習志野駐屯地へ。なお、休日のプライベート飛行については連絡を入れる必要はないのです、ナンバープレートを自衛隊から民間のものに付け替えるだけなのですよ。

作戦開始にともない、現在の魔導編隊の正式登録隊員は私一人なので、今回は作戦行動するために第1空挺団の部隊による即応魔導編隊が結成されるそうです。

そして計算通り十五分で習志野駐屯地に到着したので、まっすぐ第1空挺団詰所に向かい基地司令の元へ。

「お、遅……くはないか、ご苦労。早速だが、魔導編隊のブリーフィングルームに向かってくれ。すでに部隊編成は終わってているので、詳細は部隊長に聞いてくれ」

「了解です。ちなみに部隊長はどなたが？」

「君の敬愛する新堂2佐だ」

「敬愛はしていません。新堂……ゴリ2佐ですね、急いで向かいます」

やばいやばい。筋肉ゴリマッチョな新堂2佐が部隊長とは、またなんということ。

筋肉があれば何でもできる、筋肉根性論の第一人者ではないですか。

そして慌てず騒がずブリーフィングルームに向かい机につくと、他の隊員たちも次々と室内へとやってきました。

「お、如月3曹、もうついたのか？ 札幌からだよな？」

「ええ。物理的に飛んでくるので、ここまでなら三十分もかかりませんよ」

「そりゃそうだ。ちなみに魔法の箒ってタンデム可能？」

「無理ですよ。そういう事態になったら、空飛ぶ絨毯を使いますから」

はい、しっかりと持って来ていますよ、異世界三大魔法使いの乗り物すべて。

魔法の箒と空飛ぶ絨毯、そして最後は秘密です。

あれはやばい、暴走すると危険ですから。

他の隊員たちも室内にやって来たので、軽い雑談を交えつつ部隊長の到着を待ちます。

——ガラッ
そして新堂2佐の到着と同時に全員が起立、そして敬礼。

「ご苦労。つい三十分前、東京都知事から正式に救難要請が届いた。現場は新宿三丁目十字路を中心とした、直径二百メートルの陥没空間およびその周辺。現在は練馬駐屯地より第1普通科連隊が現場で調査を行っているのだが、空洞の底が全く見えないこと、周辺には破損したガス管から漏れていたガスがまだ滞留している可能性があることから調査は断念。これより即応魔導編隊を編成し空洞内部へ降下作戦を開始、内部調査を行う。また、第1普通科連隊とも合同で、必要に応じて空洞周辺地域に存在する建物に残されている怪我人の救助も行う」

大型モニターに現場周辺の状況が映し出されると、その場の全員が息を呑みました。

陥没した空間の外、円筒状に切り取られた建物の断面部分には血のようなものがべっとりと付着しています。

おそらくは建物の中にいた人たちが、そのまま切断されて地下へと落ちていったのでしょう。

そして空洞内部の断層壁面にも、多くの血が付着し、まるで摺り下ろされたかのように地下へと伸びています。

そんな状況があちこちに見えているにも関わらず、空洞内部には上空から照らしたライトは底まで届くことはないとの報告も届いているそうです。

いったい、どれだけの深さの陥没空間が発生したのでしょうか。

位置的に考えると、新宿メトロ副都心線、新宿メトロ丸の内線が交差する場所です。

つまり、十字路の地下鉄構内は全滅。周辺の建物もかなりの数が空洞に飲み込まれ全滅。

空洞の深さから考えるに、地下鉄路線もアウトです。

現在は第1普通科連隊が周辺建屋の避難誘導、周辺地域の閉鎖を開始。

わたしたち第1空挺団魔導編隊は、大空洞の調査が任務となりました。

「如月3曹、二人乗りの魔法の箒はあるかな？」

「いえ、それはありませんが、大型の魔法の絨毯ならご用意できます。最大積載人数八名ですが、機動性が魔法の箒とは異なり、著しく低下します」

「結構だ。では、大越3曹、如月3曹、武田2曹、一ノ瀬2曹の四名で降下作戦を開始、内部調査を行って欲しい。撮影機材の取り扱いは大越3曹が、周辺調査を武田2曹と一ノ瀬2曹で行い、如月3曹は魔法の絨毯の制御に集中してほしい。防爆照明と撮影機材の準備は出来ているので、細心の注意を払っていってくるように。残りの隊員は周辺にて待機、空洞中心地より直径三百メートル地点を封鎖するように……以上だ」

――ザッ
一斉に部屋から出て、隊員は待機している車両に乗り込みます。

私は車両の後ろから魔法の箒で、現場近くで合流。

そして武田2曹・大越3曹・一ノ瀬2曹の目の前で魔法の絨毯を広げると、それに機材を乗せたのち巨大な空洞上空へと移動開始。

切断されていた地中の高電圧線やガス管、水道管については、すでに供給が停止されているため、滞留しているガスへの引火による二次災害は回避することができるのですが。

――バラバラバラバラバラ……

「くっそ、上空の報道ヘリは何をやっているんだ……このエリアは撮影禁止になっているだろうが‼」

「どうせまた、帝都新聞か帝日放送の関係だろうよ……防衛省から正式に抗議がでるだろうさ。ということで如月

3曹、もしも奴らがインタビューを求めてきても無視して構わないからな。ユー・コピー」

「アイ、コピー。あの偏向報道の塊のような報道局なんて、相手する気にもなりませんよ。ということで飛行スタンバイ・オッケーです」

「了解。一九三〇、これより作戦を開始する」

その武田2曹の言葉と同時に、私は魔法の絨毯をゆっくりと浮かび上がらせると、そのまま新宿三丁目十字路のあった地点へと移動、そこで高度を下げはじめます。

大越3曹がカメラと連動している照明を使って内部を照らしていきますけれど、壁面は見えていても底は未だ漆黒の闇。

唯一光っているのは、空洞壁面に露出している地下鉄新宿三丁目駅構内から零れて来る光のみ。

そちら側には陸自の特殊部隊が展開し、ロープによる撮影機材の降下準備を行っている最中です。

私も万が一のことを考えて、魔法の絨毯を包むように『魔力の壁』を作り出し、同時に敵性反応がいないか確認するために『敵性感知』の魔法を発動します。

「魔法の絨毯を包むバリアと、敵性反応を示す探知魔法を使いました。今のところは何も反応はありません」

「了解。それにしても、いったい何が起きたんだ？　まるで垂直にがけ崩れが発生したようになっているな……自然災害とは思えないぞ」

「ええ、ここまで滑らかに崩れることなんてありませんよ。あのあたりなんて、まるで鋭利な刃物に切断されたようになっているじゃないですか」

大越3曹がそう説明しつつ、照明で崖の一部を撮影しています。

たしかにその部分は鉄骨が剥き出しになっていますけれど、重さでねじ切られたとかそういうのではなく、鋭利な刃物で切断されたように、すっぱりと切断されていました。

「……如月3曹、何か判るか？」

「そうですねぇ……ありえない話なのですが、これって魔法による地割れとか、大地分断といった大規模災害魔術に酷似していますね。でも、それはないですよねぇ……」

「どうして、ないと言い切れる？」

武田2曹の問いかけに、私は一言で。

「発動に必要な魔力が、地球の大気に含まれている魔力程度では足りません。地球の人であの術式を使える人がいるとしたら……私ぐらいですから。そもそもあれは、消失魔術《ロストマジック》の中でも禁呪指定されていましたので」

「なるほどな。では、もしも人為的なものであったとするのなら、如月3曹と同じような魔術が使える人間が、ほかにもいるということになるのか」

「あはは……そんなバカな。ちょっと魔力探知してみますね……」

右手で印をくみ上げて、『魔力探知』を発動。

もしもこれが大規模災害魔術なら、この空洞自体からも残存魔力を感知できるはず。

――ビビビビビビビビ
すると目の前に浮かび上がった小さな魔法陣に真っ赤な古代文字が羅列し、危険を示すアラート音が響きました。

「アラート！　敵性反応を感知。同時に、この空洞から大規模な残存魔力反応を検知‼」

「上昇開始っ‼」

「了解っ」

急いで魔法の絨毯に余剰魔力を注ぎ込み、上昇速度を上げます。

同時に敵性反応を示す魔法陣をさらに拡大し、魔術による攻撃がくるかどうか確認をしていますと。

――ピッピピピッ
遥か下方から、三つの魔法反応が発生。

これは危険です、この地球上でまさかの魔術戦になりそうですよ。

「下方から魔術による攻撃、来ます！　回避行動っ」

空洞下方に光る魔法陣を見て、飛来してくる魔力の塊を確認。それが直撃しないように魔法の絨毯を左右に振ってみます。

すると、魔法の絨毯を掠めるように、三本の巨大な炎の槍が高速で上空へと飛んでいきました。

「アラートっ！　空洞より魔導兵装が飛来、上空へ向けて飛行中‼」

無線で仮設本部に連絡を入れます、というか叫びましたよ‼

『了解。一時帰還を許可。魔導兵装の迎撃は可能か』

「はうあ、ダメです、間に合いません！」

私が叫んだのと、上空を飛んでいた報道ヘリが炎の槍に貫かれたのは、ほぼ同時。

そして爆音を上げてヘリコプターが四散しました。

「うはぁ、物理結界っっっっ」

そして上空から落下してくる大量のヘリの残骸と、血まみれになった二人の報道局員。

私は残骸の直撃を避けるために、簡易詠唱で絨毯全体を物理結界で包みます。

「間に合うかっ‼如月3曹っ」

「りょ‼」

武田2曹が瞬時に自身の腰ベルトにロープをかけると、落下して来る人物のうち一人に向かって飛びました。

そして私はもう一人の救助のためにその真下に絨毯を移動させると、落下中の人に向かって空気の壁《エアクッション》を発動。絨毯に落ちて来る衝撃を緩和します。

「武田2曹……今までありがとうございました」

「勝手に俺を殺すなよ、早く引き揚げろっ」

「りょ‼」

大越3曹と一ノ瀬2曹が、武田2曹に繋がっているロープを引き上げます。

しかもそのロープの反対側は輪のようになっていて、絨毯の角に巻き付けられていましたよ……って、一体いつの間に！

そして大急ぎで武田2曹と血まみれの人物を回収すると、上昇速度を上げて空洞から脱出。

近くで待機していた陸自隊員たちの元に着地して、怪我人を預けました。

ですが、あの怪我では、おそらくは助かりません……。

もしもここにヨハンナさんがいたなら、あの程度の怪我は瞬時に再生していたでしょう。

ですが、私は魔導師であり使える回復魔法も肉体活性系。

トリアージ赤レベルの怪我には、たぶん効果がありません。

「うん、やっぱりそうだよね。使うっきゃないよね」

アイテムボックスから魔法薬を二本取り出し、救急隊員の元へ向かいます。

「異邦人《フォーリナー》の如月です‼魔導具使用宣言、私は『魔法薬の行使』を宣言します」

「な、なんだって……わかった、了承する」

すぐに救急車に運ばれていった二人の元に案内してもらうと、瓶の蓋を開けてそのまま二人に向かってぶちまけます。

飲んだ方が回復強度は高いのですけれど、このさい皮膚からの浸透でも構いません。

もともとの薬品の効果は低下したとしても、このエリクサーは伊達ではありませんから。

死者すら蘇生する、神の霊薬の力を思いしれっ‼

――ピッピピッピッ……ピーッピーッピーッ
二人の体が淡い緑色に輝き、脈拍その他が正常値に戻りました。

でも、こっちの世界での魔法薬の効果、そして副作用については全く研究がなされていません。

いや、研究はされているかもしれないけれど、表に出ていないのかもしれませんね。

神の奇跡に近い回復能力、そんなものは国家レベルで秘匿したいでしょうから。

「ふぅ。危険な状態は脱しました。引き続き、詳しい検査をお願いします」

「わかりました、ありがとうございます」

そのままあとは、本職の方にお任せ。

私は魔導編隊の元に戻ると、今しがたのことを武田2曹に報告します。

「そうか……あのヘリには四人乗っていたらしくてな。残念だが、二人は爆発時に四散してしまった可能性がある。

それでも二人助けられたというのは……いや、いい」

「はい。それよりも問題なのは、この穴の下です。私と同じように魔法を行使できる存在がいると思って、間違いはありません」

「そうだな。ちなみに、あの飛来してきた魔法は、かなり強力だと思うが……あのような魔法を使う存在に心当たりはないか？」

ふむふむ。

飛来してきたのは炎の槍、魔術強度は三百程度で属性は元素魔術・火系。

あれは駆け出しの魔法使いでは行使できませんけれど、中級冒険者と同等の力を有する『三織の魔法使い』以上ならば、それほど難しいものではありません。

ですが、それを三発同時に発動したという時点で、この穴の底にはそこそこに強い魔法使いがいることに間違いはありません。

そのことを説明しますと、武田2曹が腕を組んで考え始めました。

「この穴の下に、そのような危険な存在がいるということに間違いはない。それで、如月3曹ならば勝てそうか？」

「まあ、飛んでくる魔法が判りましたから、カウンターで消滅魔法《イレーザー》を唱えて消すだけですけれど。問題なのは、あれを使ってくる存在が、どうしてこの地球にいるのかっていうことですね。異世界に召喚されていたのは私を含めて四名、それ以外には存在しないはず……ってあれ？」

そういえば、国際異邦人機関って、スティーブが告げた

【これから先、俺たちのように異世界に召喚された奴らが帰ってくるかもしれない】


っていう言葉がきっかけで、設立されたのですよね。

つまり、今、この瞬間にフラグが回収されたっていうことでしょう。

「あ、あの阿呆勇者……変なフラグを構築したから、それが現実的になったじゃないですか……」

「阿呆勇者って、アメリカのスティーブのことか？」

「はい。どうやらあいつは、こうなる可能性を予期していたかもしれません。本当に悪い方向にだけは勘がいいのだから……と、この後はどうしますか？　危険な存在が空洞の中にいる以上、内部に取り残されてしまった人たちを急ぎ救出しなくてはなりませんが。急がないと、時間がどんどん経過してしまいます」

人命救助に必要な時間、すなわち【七十二時間の壁】。

これを越えると、空洞最下層にいるであろう人たちの命の保証はできません。

しかも、明らかに敵性存在が存在しているのです。

グズグズしている時間はないのですが。

「今、市ヶ谷駐屯地で対策会議が行われている。その決定があるまでは、我々は現場待機および敵性存在に対しての警戒態勢を行う。まず空洞内部に向けてライトと監視カメラを設置し、敵性存在の監視体制を強化する」

「「「「了解」」」」

急ぎ現場周辺に残っていた隊員たちが、監視カメラとライトの設営を開始。

そして私はというと、穴の上空に魔法の箒で移動すると、警戒態勢を取りつつ様子を確認。

うん、これは長い一日になりそうですね。

○　○　○　○　○

——新宿十字路陥没地点付近

深夜、二時。

私たちが魔術による砲撃を受けてから、約六時間が経過しています。

この間にも、陸上自衛隊の別部隊により、空洞中心より直径三百メートル地点への簡易バリケードの設置をはじめ、特戦群への出動要請、報道関係者のヘリに対する退去命令などが行われました。

兎にも角にも、やることが多すぎるようです。

そして現在、私は大空洞の上空からゆっくりと有線カメラを下ろして、内部の調査を続行中。

私たちが奇襲を受けた付近まではカメラを下ろすことができましたけれど、それ以上降下させようとすると魔術反応が発生し、カメラに向かって砲撃が始まります。

もっとも、そんなことは想定済みです。

撮影機材に魔術による防御壁を展開してありますので、一発二発程度の直撃ではびくともしませんよ。七織の魔導師の名前は伊達ではありませんので。

『ザッ……カメラの降下中止、本営からの作戦指示が届いたので、如月3曹は急ぎ仮設本部へ』

「了解です」

無線が入ったので、急ぎ撮影機材をアイテムボックスに回収し、急上昇で穴から撤退です。

そして少し離れた場所に設置された仮設本部に移動すると、すでに魔導編隊の隊員がそこに集合していました。

「さて。まずは現場で活動している諸君に敬意を払おう。そのうえで、市ヶ谷本営が日本政府を交えて協議した結果について報告する」

——ゴクッ
誰となく、喉を鳴らす音が聞こえてくる。

皆、正面に立つ近藤陸将補の言葉を期待して待っているのです。

「第一優先順位は、空洞内部に取り残されているであろう市民の救助活動。そのためにも、穴の中に存在する敵性対象を排除する必要がある。よって、如月3曹、君に敵性存在の確認及び可能であるのなら交渉……そして不可能な場合、実力をともなって排除することを命じる。君が使える魔術については、全て使用許可が下りている。また、如月3曹の対応いかんによっては、直径二百メートルの縦穴にヘリボーンによる降下作戦を行う」

ヘリが垂直降下して着陸するために必要な『離着陸帯』の基準から考えると、空洞の直径二百メートルは十分な広さです。

そして今回の救助に使われるのはCH⊠47チヌーク、全長三十メートルの輸送ヘリコプターです。

ただ、内部に風の流れを確認できていないこと、深さが未知数であることなどを考えても、一度に降下できるのは最大でも二機まで。安全を考えると単独での運用が好ましいでしょう。

果たして、どれだけの人が取り残されているのでしょうか。

生存者の数にもよりますけれど、とにかく早い対応が大切です。

「如月3曹、魔導編隊としての初任務が敵性存在との戦闘という過酷な任務になってしまったが……いけるか？」

「はい。あっちの世界でもオーガの群れに急降下爆撃をおこなったこともあります、ダンジョンスタンビートに向かって、高高度からの魔法による砲撃なども経験しています……」

「そうか。では、作戦開始は〇二三〇、諸君の健闘を祈る」

――ザッ
全員が敬礼。

そして私は待機場所に移動すると、自衛隊の制服から魔導師の正装に換装します。

アイテムボックスのコマンドで、装備を自動的に交換できるのは良いことです。

ただし、白いローブの右肩には第1空挺団の部隊章を、左胸には赤いウイングマークを装着しなくてはなりません。そしてローブの下に着用しているミスリルスーツにも空挺徽章とレンジャー徽章が自動的に装着されました。

普段はつけっぱなしの眼鏡も外し、後頭部で束ねてある三つ編みも解きました。

ここから先は、身体強化による視力矯正を行った方がよいと判断しましたし、魔力循環を最適化するためにも三つ編みは解いて、リミッターカットしておく必要があるのです。

異世界でも、ガチな戦闘時には眼鏡をはずしていたのですよ。

これで準備は完了です。

「如月3曹、いけそうか？」

「はい。本来ならば作戦行動なので、制服着用が義務なのですけれど……」

「それも君の制服だろう？　しっかりと第1空挺団の部隊章もウイングマークもついているじゃないか。さすがにこういった任務以外では普段通りの制服を着て欲しいというのが陸将の話であったが、今は有事。しっかりと務めを果たしてくるように」

近藤陸将補に気合を入れられたので、私も本気を出します。

うん、垂直空洞への上空からの降下作戦、かつて私が向こうの世界で体験した、霊峰付近に出現した混沌竜討伐作戦の時もこんな感じでした。

「作戦開始まで、あと十分……」

アイテムボックスから取り出した箒に跨り、魔力を循環。

体内循環だけではなく、髪の一本一本に至るまで魔力を流し、魔力髪へと進化させます。

魔法使いの適性が高いのは女性が多い、その理由は『髪による魔力収束と発散』による効果が大きいのですよ。

まあ、もう一つ俗説的なものはありますが、今は有事なので割愛です。

「七織の魔導師が誓願します。我が全身と周囲に七織の魔力波を展開したまえ……我はその代償に、魔力一万二千五百を献上します」

そう術式を唱えると、ゆっくりと魔力が私と箒を包み込みます。

そして古代魔法語による術式の宣言。


『ファースト・ステージ・開放』

まずは第一段階。箒前部に風の結界と対魔術障壁が球状に展開します。

『セカンド・ステージ・開放』

そして第二段階。私自身の身を護るために対物理・対魔術の二重障壁が施されました。

『サード・ステージ・開放』

そして第三段階。速度上昇と機動性上昇の加護が発動し、箒の両側面に魔力による翼が展開します。

魔法の箒の後方部分が変形し、『魔導タービンエンジン』に姿を変えたとき、すべての術式が完了しました。

サード・ステージまで開放した私の姿を横から見たら、二つの球状結界と翼によって構成された魔力体の形状が、ミツバチの姿に見えるそうです。

「空の帝王が、いまじゃ空挺団所属かあ。これじゃあ空帝ハニーじゃなく空挺ハニーだよね」

そんなことを呟いていると、突然、私が展開していた対魔術反応が大きく膨れ上がりました。

穴の中で何かが活動を開始。

それも、六時間前に確認した『炎の槍』のような小さいものではありません。

「本営にアラート通信。大空洞内部より魔力反応増大、如月３曹、これより作戦行動に入ります」

『10―4《了解》、如月３曹の出撃コードを確認。魔導装備の如月３曹のコールサイン登録を開始する。希望するコードはあるか？』

戦闘機などに記されている、コールサイン。

それを好きに設定していい理由は、私という魔導師は単独で活動することが多いからと予測。

そうでなければ、部隊ごとにコードは決定しているはず。

「コード……うん、如月３曹、作戦時の機体コードは空帝ハニー、いえ、『空挺ハニー』でお願いします」

久しぶりに使う名前。

結局、私は異世界でも地球でも、このコードを使うことにした。

異世界での称号、空帝ハニー。

この称号を得た理由は二つありまして。

一つは、伝説の魔蟲、『ストライク・ビー』の討伐により得たあだ名、その討伐戦闘時の私の姿がサード・ステージ開放状態だったので、ストライク・ビーと蜜蜂《ハニービー》が戦っているように見えたとか。

それを見ていたスティーブが、私の事をハニー・ビーだの、ハニーだのと揶揄《からか》っていたのがきっかけで、私はハニー・ビーと呼ばれるようになりまして。

そしてもう一つの理由。私が魔王軍四天王の一人、『空帝竜シャバ・ウォーキィ』を倒し、二つの国を救った時に授けられた『空帝』という称号が重なった結果……です。

空を飛ぶ術を持たない人類にとって、大空を駆る竜族は脅威そのもの。

それを倒し、空を制した故に授けられた『空帝』、私だけの一代称号です。

まあ、おまけに法衣貴族として伯爵位を押し付けられそうになったり、その国の王子との婚姻騒動になったりしたこともあるので、私にとっては黒歴史でもあるのですよ。

そして、二つの呼び名が正式に認められ、『空帝ハニー』という名誉称号になったときは、頭を抱えて笑うことしかできませんでしたからね。

『了解。現時刻より如月弥生3曹の活動時コードは第1空挺団所属・『空挺ハニー』と命名。空挺ハニー、幸運を祈る』

「了解です……空挺ハニー、行っきまぁぁぁぁぁぁす‼」

――ゴウゥウウウウウウウウウウウウウウウウッ
翼を高速で羽ばたかせて急上昇。

そして大空洞上空百五十メートルまで上昇すると、そのまま垂直に穴の中へと突入。

その直後、空洞下部より十本の稲妻が直進してくるのが見えます。

「あれは三織の元素魔術『紫雷撃竜《ライトニングドレイク》』……それも十本って……魔族でもない限りありえないわよ‼」

これは、魔力によって発生した稲妻が一直線に飛んで行って、対象を焼き滅ぼす魔術。

地上でも監視カメラで確認されていると思うけれど、通信は入れておいた方がいいよね。

「空挺ハニーより本部。上空に向けて十本の雷撃が向かいました。指向性なし、直撃以外はノーダメージ」

『10―4』

さて、私も直撃をうけないように降下を続行……ってストォォォォォォォォップ！

――チッチッチッチッ
上空から降下を開始して、すでに六百メートル。

周囲の壁の状況が大きく変化し始めていることに気が付きました。

それまでは地面が切断されたような感じで、ところどころにライフラインの残骸とか地下鉄構内の切断面が残っていたのですけれど、今は自然洞のように剥き出しの地面が広がっています。

そして、迷宮固有の波長も感知できました。

うん、これは気づけなかった私のミスですね。

「この空洞、途中からダンジョン化しているのですか。いや、予想外ですよ、これは」

おそらくですけれど六時間前に襲撃を受けた地点、深度二百メートルがダンジョン空間とリアル世界の狭間だったのかもしれません。

まさか地球にダンジョンが出現するなんて予想もしていませんから、これは私の見立てが甘かったとしか言えませんね。

「空挺ハニーより本営へ。大空洞のダンジョン化を確認。詳細は国際異邦人機関に登録されている異世界環境の項目、『ダンジョンについて』を参照してください」

『10―4。作戦続行は不可能ですか？』

「いいえ、続行します。ただ、現時点で生存者はゼロと仮定した方が良いと思います。魔力を持たない人間にとって、ダンジョンという存在は猛獣の檻のようなものです。そこに取り込まれたということは、そういうことです」

『10―4』

さて、ここからはさらに慎重に。

そもそも、ここにダンジョンが発生した理由って何？

ダンジョンコアがいきなり発生したっていうことなの？

いけないいけない、本当に久しぶりのダンジョン戦なのだから、もっと慎重に進まないと……。

そう思って降下を進めていくと、突然、壁面が石造りの壁に変化しました。

その直後、私は壁の一角に落下していく……って、重力が変動している？

「危ないっ……」

慌てて床面に着地しダンジョンの入り口側を見てみると、一直線に大空洞に繋がり、そして空と投光器の明かりが見えています。

「最初は垂直……そしてダンジョン区画に切り替わった瞬間に、壁が床になって落下した。はぁ、そしてこの床に広がっている大量の瓦礫の山は、取り込まれた建物の残骸ということですか」

垂直の壁面は、迷宮入り口地点を境に『北が天井』、『南が床面』に重力変換が行われています。

そしてそこから伸びている、直径二百メートルの巨大な回廊。

そこに詰まっている大量の構造物の瓦礫の山と、あちこちから流れている血のようなもの、そして怒声と悲鳴の数々。

さて、生存者は確認できたので、ここから先はヘリボーンによる救出……って無理無理無理、ヘリが壁に墜落しますよ。

「空挺ハニーより本部。最下層に到達、ただし最下層はダンジョンの横穴と融合、大量の瓦礫と要救助者を確認。敵性存在については、現在は確認できず」

『10―4。ヘリボーン部隊の準備を開始します。空挺ハニーからのGOサインを待ちます』

「了解」

さて、迷宮内でも通信は届く。

そこで問題は、この大量の瓦礫ですか。

「七織の魔導師が誓願します。我が瞳と耳に、一織の増幅印を刻みたまえ……我はその代償に、魔力二十五を献上します……生命探知《ライフサーチ》……と、これはなかなか、骨が折れる作業ですね……って、ちょいまち‼」

――バジッ
瞬時に右手を前に伸ばし、魔力障壁を高速展開。

その直後、飛来した電矢《ライトニングアロー》が障壁に直撃しはじけ飛びました。

「何者です！」

魔法が飛んで来た方に向かって叫ぶ。

すると、そこには岩で形成された無機質なゴーレムが数体、こちらに向かって両手を向けています。

掌には魔石が三つずつ組み込まれているため、これが人為的に作り出された『砲撃型ゴーレム』であることは瞬時に理解できました。

「魔族が作った、対人類用殲滅ゴーレムですか。ということは、ここには魔族が住み着いているということで決定ですね。ダンジョンでは、殲滅ゴーレムが自然発生することはありませんから」

『ちっ‼』

その私の言葉に、誰かが反応しました。

場所的には目の前の瓦礫の向こう、殲滅ゴーレムのさらに後方。

そこにたどり着いて真意を問いかけたいのですが、目の前の殲滅ゴーレムが厄介ですし、なによりもこの瓦礫の下には要救助者が待っています。

「……それにしても、私相手にゴーレムで足止めできると思っているとは……もしこの殲滅ゴーレムを作り出したのが魔王やその四天王の配下でしたら、私のことを学びなおして出直せって怒鳴られているところでしたよ」

——ヒュンヒュン
両手で大きく魔法陣を形成。

「七織の魔導師が誓願します。我がもとに五織の黒狼を遣わせたまえ……我はその代償に、魔力千二百を献上します。黒狼召喚っ」

私の祝詞が終わると同時に、目の前に漆黒の狼が出現します。

これは魔力吸収能力を持つ神獣・黒狼。

彼が姿を現した瞬間、瓦礫の上に並んでいた殲滅ゴーレムが音もなく崩れ落ちていきます。

魔力によって構成されているゴーレム、ゆえにその体内にある魔石から魔力を吸い出されてしまったら、あとは物言わぬ素材へと朽ちていくだけです。

そして黒狼も満足したのか、軽くひと鳴きすると姿を消しました。

「さてと……ダンジョンルールを適用して、この魔石は討伐者である私が所有権を持つ……と」

そのあとは瓦礫の山の上を飛んで行って、何もない場所に到達したらそこで魔力壁を展開。

瓦礫のある区域に何者も入ってこないように魔力で壁を構築すると、そこに監視用のミニゴーレムを作成して設置します。

「まだ、生存者はいるはず……」

魔法で光球《ライト》を形成。

瓦礫付近を捜索しますが、どうやら人が生き埋めになっている可能性があります。

それに、何かを掘り出したような跡と、そこからずるずると引きずられていったような血の跡まで続いているじゃないですか。

「空挺ハニーより本営へ。生存者らしき存在を確認。要救助者の可能性も踏まえて調査を続行します」

『10─4。調査許可。こちらは降下部隊の準備を開始する』

「りょ」

さて、それじゃあゆっくりと奥に向かう……前に。

「七織の魔導師が誓願します。我が周囲に三織の風を纏わせたまえ……我はその代償に、魔力三百を献上します。風の羽衣《エアー・ドレス》の発動、私を護りなさい」

──シュウウウウウ
これで飛び道具やクロスボウ、針系の飛んでくる罠からは身を護れます。

「続いて、魔力走査開始。七織の魔導師が誓願します……」

私の体内の魔力を、周囲に広げていく。

これは魔力を用いたアクティブセンサーであり、これで付近にいるモンスターの反応を捕獲することができるのですけれど……。

センサーに反応が二つ。

一つは魔力体、おそらくはダンジョン内部で発生したゴブリン。

そしてもう一つはものすごく弱々しい反応で、その二つが重なっているっていうことは。

──ダッ！

全力で走り出すと同時に、魔法の箒を使って飛行開始。

一つ目の曲がり角を曲がったところで、床にしゃがみこんでいる『濃緑色の皮膚を持つ小鬼』、つまりゴブリンを発見。

その真横では、全身から血を流して倒れている子供の姿もありました。

──シュシュシュッ

詠唱なんてしている余裕はありません。

速攻で右手に魔力を集めると、それを勢いよくゴブリンに向かって射出っ。

「Ｇａｄｓｍｎｆｃｂｗｕｉｅｇｆｉａｋｎ　ｃｂａｂｖａｓｕｉｐｋｎ」

私の詠唱に反応したゴブリンが、何か叫んでいるようですが。

うん、何を言っているか分からないですね。

私の所有している自動翻訳は、魔物の言語に対しては翻訳に対してタイムラグが発生しますので。

そして必死の形相を見せたゴブリンの頭部を魔力弾《マナブリット》の一撃で吹き飛ばすと、倒れている子供に駆け寄っていきますが。

「これはダメね……」

うん、瀕死っていうレベルじゃありません。

手足はへし折れ、腹から内臓が零れています。

意識なんてもうなく、医学的には死亡ということになっているレベルです。

だけど、魔力走査によると、まだ魂は肉体に定着している状態。

つまり、蘇生術式を用いれば助かります。

「すぐに助けてあげるから、待っていてね」

アイテムボックスからエリクサーを取り出し、それを全身にかけました。

すると、エリクサーが掛かった場所が淡く輝き、細胞が活性化を始めます。

これで、失われた臓腑や折れた手足も再生します。

そして白かった顔色に紅がさし始め、呼吸が再開しました。

「……ふう、この子が男の子で助かったわ。それにしても、こんなところでゴブリンとはねぇ……どうしたものか、考えさせられるわよ」

よくあるファンタジーでいう雑魚モンスター・ゴブリン。

だけど、私が訪れた異世界では、ゴブリンといえど舐めてかかってはいけない。

そもそも奴らは邪妖精という中位存在であり、体表面には魔力の薄い膜が張り巡らされています。

普通の武器では傷つけることはできるものの、威力は大きくそがれてしまう。

冒険者ならば闘気を纏うなり魔法を射出するなどの対策は可能ですけれど、一介の村人とかでは決して勝てる存在ではありませんから。

それはつまり、この地球ではゴブリンと言えど、甘く見ることはできないということ。

自衛隊の火器がどこまで通用するか、それも調査する必要があります。

それに、ゴブリンにはとても許容しがたい習性かありまして、今はそれについてはパス。

「さて、一旦、空洞まで戻りますか……」

ちらっと回廊の先を見ると、そちらの方角からは、まだ無数の反応が存在しています。

幸いなことに、床に残っていた血はここまで。

つまり、この先まで攫われた人はいないということになりますか。

「生体感知……うん、この奥に連れ去られた人の反応はなし。それじゃあ、とっとと戻って、この子を病院に送り届けないとなりませんね」

周囲に警戒しつつ、大空洞まで移動。

そして無線機で本営に状況の報告を。

「空挺ハニーより本営へ。敵性存在の排除完了。背後で動いている存在には逃げられましたけれど、結界を構築して要救助者のいる場所は封鎖しました。また、敵性対象を一体排除し、要救助者一名を救出。急ぎ降下作戦を開始してください。ただし、私が指定する高度以下には降りない事、そこからはロープでの懸垂降下でおねがいします」

『10―4。これより降下作戦を開始します』

さて、私がやるべきことは、このねじ曲がった重力によってヘリが墜落しない限界高度を探すこと、そしてその位置で待機すること。

急ぎ魔法の絨毯を取り出して大空洞へと飛んでいくと、重力転換が発生するぎりぎりの場所、石造りの壁面から垂直に五メートルの地点にチョークで印を付けていきます。

できるならば発煙筒を突き刺して焚くとか、電子マーカーを埋め込むといった方法を取りたいところですけれど、そのような装備は持ち合わせていませんので……と、そうか、魔法でやればいいのですよね。

「ええっと、光源《ライト》の術式を発動して……それを壁面に付与……と、こんな感じかな？」

まずは一か所に光源《ライト》を設置して、その対角の壁面にも同じように設置。

その二つを光魔法で作り出した細い光で繋げます。

これと同じようなものを次々と設置していき、蜘蛛の巣のように光の糸をつなぎ合わせました。

そして降下してくるヘリの横まで飛んでいき、操縦士に限界高度を示す光の糸について説明を。

「眼下に広がる光の紋様が降下限界高度です。そこからは懸垂降下でお願いします」

「了解。降下準備、はじめっ！」

杉田1曹の声と同時に、他の隊員が懸垂降下の準備を開始。

あとはお任せして、私はダンジョンに戻ります。

やがてチヌークがホバリングを開始すると、空挺団の皆さんが一斉に懸垂降下を開始して……。

——ビターーーーン
あ、重力に負けて、床に激突しました。

「き、如月3曹‼この重力変換は聞いていないぞ！」

「いえいえ、本営にはちゃんと説明しました。ということで私は最前列に回って、敵性存在に警戒しつつ、向こうから救助を開始します」

「了解。一ノ瀬2曹と大越3曹はそのまま要救助者の救出、およびヘリへ移送。残った隊員は随時瓦礫の山をどかして安全区画を確保、並行で瓦礫の下に埋まっている要救助者を確保！　武田2曹は本営へ医療班の要請を。必要ならば二陣、三陣で医療チームを寄越してもらってくれ‼」

隊長である杉田1曹の指示が飛びます。

そして次々と瓦礫の除去作業と、怪我人の救出作戦が始まりました。

私はずっと、結界壁の内部で作業を続けつつも、時折見え隠れするこちらを監視する視線に警戒をつよめていきます。

「なんだろう……この経験したことがあるような、それでいてまったく知らない……憎しみというか殺気を孕んだような視線は……」

そう呟きつつも、次々と瓦礫を除去しつつ、魔法で崩れそうな場所を固定。

そのままどうにか怪我人を助けだしては、アイテムボックスから魔法薬を取り出して飲ませたり振りかけたり。

エリクサーはもうほとんど残っていないので、いまは市販品の魔法薬でどうにか応急手当をするしかありません。

はぁ、魔法薬の材料、地球でも手に入るかなぁ。

○○○○○

――救出作戦開始より、三十五時間経過
私は消費した魔力の回復に必要な睡眠をとるべく仮眠時間を挟んだのち、三度目のダンジョン潜入を開始。

入り口付近での要救助者の救出作業はほぼ完了しているものの、まだ瓦礫の山は半分以上残っていますし、奥の方に流れ込んだ瓦礫の下にも、要救助者の反応はあります。

現在もそれらの撤去作業と、そこにいる被害者の救助も引き続き行っている最中です。

ちなみに私が奥に施した結界壁の近くに移動したとき、やっぱりねっとりとした視線が向けられているのに気が付きましたが……それを相手している時間はありません。

「如月3曹、トリアージ赤が三名！」

「すぐに向かいます」

トリアージ赤、つまり大至急処置を施さないと死亡してしまう恐れがある患者です。

すでに入り口付近に置いてあった私の魔法の絨毯には、その三人の患者と救急隊員が乗り込んで待機しています。

だから、ここから先は時間との勝負。

歪んだ重力に負けないように、瞬時に絨毯の姿勢を九十度転換して空洞の外に移動。あとは超高速で上昇を開始。

チヌークまで安全に移送するよりも早く、私の絨毯は大空洞を抜けるとすぐ横で待機している救急隊員の元に着地します。

「トリアージ赤。救命措置をお願いします！」

「はい、それじゃあ治癒鑑定を開始しますわ……うん、まだ間に合います、完全治癒《パーフェクトヒール》」

そして私の叫びと同時に救急隊員と聖女・ヨハンナが駆けつけてくると、大急ぎで魔術的治癒が施されて……って、えええ、ヨハンナさん？どうしてここに？

「ヨハンナさん、いつ日本に来たのですか？」

『日本で起きた新宿大空洞事故の件をニュースで確認して、すぐに手続きを取ってきましたわ。そしてつい先ほど、ここに到着しましたので……どうやら、ここから先は私の力が必要になりますね？』

「はい、直接ダンジョン区画まで同行していただけますか？」

そう問いかけると、ヨハンナさんはにっこりと笑っています。

ただ、その後ろで困った顔をしている聖職者の皆さんは、どうしたのでしょうか。

『聖女ヨハンナ……貴重な神の加護を、このような人々に与えるのは神に対しての冒涜としか思えません』

あ、ラテン語で話し合いの真っ最中でしたか。

これは邪魔してはいけないタイプですね。

『黙りなさい！人の命に貴賤などなく、全て等しく神の寵愛を受ける権利を持っています。そもそも、貴方たちの方針については、以前から私だけでなく枢機卿も疑問を感じていました』

あ～。

ヨハンナが激おこだぁ。

同行している聖職者の皆さん……神父かな？司祭かな？そんな人たちに説教していますよ。

私は言語自動翻訳のチートスキルがあるので、ヨハンナたちの言葉も全て理解していますけれど。

周囲の救急隊員たちはどうしていいか困っています。

そして話し合いは平行線のまま、ヨハンナが私の元にやってきます。

『こちらの人たちは一命をとりとめました。あとはお任せします。では如月さん、私を現場まで案内してくれませんか？』

「少々お待ちを……空挺ハニーより本営へ。異邦人機関に所属するヨハンナさんが協力してくれることになりました。ということで現場へ同行してもらいますので」

『10―4……ってちょっと待って、聖女も同行？　え、大聖堂の許可は？』

「異邦人機関の登録者としての同行だそうです、民間協力というやつ？」

『はぁ……あのですね、如月3曹、もう少し早く連絡が欲しかったところです。今、後ろで近藤陸将補が、どこから か届いたクレームに対応中ですが……10―4ということで』

「了解です。ではヨハンナさん、いきましょうか‼」

彼女に手を差し延べると、ヨハンナさんはにっこりと笑って絨毯に乗ります。

そしてどうしていいか困っている聖職者の皆さんに向かって、ヨハンナさんは教会が発行した身分証を取り出して提示すると。

――メキョッ
力いっぱい折り曲げて、捨てましたよ。

『それでは、私は本日付でシノドスの事務局員もサン・ピエトロ大聖堂付き修道女も辞めさせていただきます。今後は拠点を日本に移して、神の恩寵を困っている方々に分け隔てなく注ぐこととしますので』

その言葉に呆然とする聖職者のみなさんを後にして、私はヨハンナと共に大空洞へと降下。

そして瓦礫の山まで彼女を案内すると、ヨハンナは『生命探知』の魔法を発動し、弱っている人たち全てに『活性』の加護を施しました。

さすがは元勇者パーティーの大聖女、伊達に神様との交信を許されたわけではありません。

癒しの魔法は神の奇跡、【信じるものは救われる】を実践しているだけのことはありますね。

活性の加護は、施されたものの生命力を高めることができます。これにより抵抗力、回復力、再生力が高まりますので、瓦礫の下に残された人々も活力を得ることができます。

「これでもうしばらくは大丈夫でしょう。私はこの場で、ここにいるすべての人々の命を守ることに専念します。ですから、みなさんは一刻も早く、この瓦礫の撤去をお願いします」

このヨハンナの言葉で、現場の空気が変わります。

そして七十二時間の壁を迎えるギリギリになって、大半の人々の救出は完了しました。

ですが、私たちが到着するよりも前に瓦礫に挟まれて亡くなっていた人々の遺体も、多数発見。

その方たちの遺体も丁重に地上へと引き上げられていきます。

そしてすべてが終わったのは、六日目の朝。

全隊員が作業を完了し、地上へと帰還しました。

「はぁ……もう魔力が枯渇しそうですよぉ」

『はい、お疲れ様です。それでですね、如月さん。私は日本に引っ越すことにしましたので、国際異邦人機関の日本事務局を紹介していただけないでしょうか？」

「は、はぁ？　ちょっとヨハンナ、三日前の啖呵は、勢いだけじゃなかったの？」

『ええ。だって、私が施した創造神《ゲーネシス》の奇跡を、別の神《ザ・ゴッド》の奇跡っていって、憚らないものですから。それを否定すると、信仰心が足りないとか言い始める聖職者もいましたからね……いえ、大司教様や枢機卿は悪くないのですよ、私の言葉も信じてくれましたから……ええ、でもあの司祭は別です。私の奇跡を金に換えていた亡者でしたから』

ふぅん。

まあ、よくある悪役貴族とか、賄賂で私腹を肥やす聖職者の話だね。

でもヨハンナって、そういうのって、さんざん向こうで糾弾してきたんだよね？

「でもさあ、よく大司教さま……でいいのかな？　ヨハンナの日本行きを許してくれたよね？」

『教皇様はカトリックで一番偉い人ですからね。そもそも教皇さまは、私が神の力を使うことについては容認していたのですよ。世界中の大聖堂を訪れて、困っているものに癒しの奇跡を施してあげてくださいって送り出そうとしていたのよ。それをあの、ハゲッチ大司教がお待ちくださいって止めていてね……まあ、あの人の汚職についてもこの機会に暴かれればいいのよ。ということで、これからよろしくね』

「はぁ……次の私の休暇にでも。っていうか、明日、異邦人機関に一緒に行きましょう。このダンジョンの件だって、今後の対策も必要になってくるからさ」

そう、まだ救出作戦が終了しただけであって、このダンジョンの件についてはなにも解決はしていないのですから。

○　○　○　○　○

新宿地下大空洞、またの名を【新宿地下迷宮《ダンジョン》】。

新宿三丁目交差点を中心に、直径二百メートルの巨大空洞が発生した。

その最下層からは未知の旧遺跡群が発見され、如月3曹の鑑定により、それがダンジョンであるという結論に達した。

だが、現状は大空洞周辺や予備地下鉄構内から空洞に続く通路を全て封鎖するにとどまり、内部調査については、未だ日本政府は手を出すことなく静観している。


そもそもダンジョンという特異な存在に対して、どのような対応を取るべきか日本政府でも協議が続けられている最中である。

積極的に攻略するべきであるという勢力と、結界により封鎖し様子を見たほうがいいという勢力がぶつかり合い、さらに危険なダンジョンは異邦人《フォーリナー》に依頼し破壊してもらった方がいいという意見まで出揃っている。


それらの状況を打破すべく、実際に異世界にてダンジョン攻略を行った経験がある異邦人二名を参考人として異世界対策委員会に招聘したのだが。

「まあ、ダンジョンはですね、あっちの世界では主産業としている国や町もありましたけれど……正直言って、死にますよ？　現代兵器で対応できるかもしれないけれど、日本は無免許での銃器の取り扱いってできませんよね？　猟友会に迷宮探索をさせる気ですか？」

「まあ、怪我ですまないことが多いですし、魔法による状態異常なんて普通にありますので。あとはそうですわね……さすがの私でも、魔力の薄い地球では、死者を蘇らせることなんてできませんので。もしも攻略に向かうのであれば、自己責任でお願いしますわね」

という如月弥生3曹とヨハンナ・イオニスの説明で、さらに委員会は大混乱。

決着がつかないまま、迷宮は厳重な監視体制の元、現在に至る……というところである。


………

……

…


「それで……新宿地下迷宮を攻略するとして、実際には、どの程度の戦力が必要であると目算を立てられるかしら？」

北部方面隊札幌駐屯地に戻って来た私は、隊舎で小笠原1尉からそう質問されています。

今現在も、ダンジョンへの対応については協議が続けられているそうですが。

最近は、諸外国からも調査団を派遣したいという問い合わせが日本国政府に打診されているそうで、異邦人対策委員会は大混乱状態だそうです。

ちなみにですが、新宿地下迷宮攻略に挑むとなると、調査団の安全のためにも完全兵装は待ったなしです。

法治国家日本の、それも首都である新宿に、重装備の外国の部隊がやってくるなんてことを認めるわけにはいかないということで、各方面にお断りの連絡をしているそうですけれど。

その結果、『日本国は異世界の恩恵を独り占めしようとしている』とか、『国連が中心となって管理すべき案件では』と声高に叫んでいる国家もあるそうです。

「それについてですが、現時点では不明としか言いようがありません。私が潜り込んだのは瓦礫が降り積もっている区画の最奥までですし、そこに結界壁を施したので、そこから先のことはわかりません。また、要救助者の確保のために活動していたため、結界壁より奥にいたであろう魔物についても調査はしていませんので」

「ふぅん。それじゃあもう一つ。大魔導師・如月なら、単独でどこまで調査できるかしら？」

「全くわかりませんし、行きたくもありませんね」

「あら？　そうなの？　世界最強の大魔導師でも、ダンジョンは怖いのね？」

「当然ですよ！」

　そもそも敵が何者なのか、あのダンジョンに生息しているらしき魔物の生態すらわからないのに、単独で突入なんてあり得ませんよ。

『魔術師殺し』って呼ばれているマジックジャマーを張り巡らせているダンジョンもありますし、高濃度魔素空間の可能性も否定できません。

　前者なら魔法は使えないだけですから、近接戦を得意とする仲間だけでどうとでもできますけれど。

　後者の場合は魔術制御が難しく、たいていは魔素が暴発します。

　揮発したガソリンが充満している部屋の中でチャッカマンをつける覚悟といえば、理解してくれますよね？

　そのことも説明しますと、小笠原1尉も理解してくれたようで頷いています。

「それじゃあ、この任務についてはお断りしておきますか。市ヶ谷から、如月3曹にダンジョンの内部調査が可能かどうかって問い合わせがあったのですけれど」

「市ヶ谷……っていうことは、防衛省からですか。その任務って単独という意味ですか？」

「いえ、恐らくは特戦群との合同になるかと思います。貴方からの返答を受けてから、詳細は詰めるっていうことだそうですけど」

　これは悩みます。

　なぜなら、ダンジョンが発生しているということは、放置しておくと内部の魔素濃度が高まり、魔物が大量に生み出される恐れがあるからです。

　そうなった場合、生み出された魔物はダンジョンの外に溢れ出し、近隣の町や村を襲撃する……つまり、ダンジョンスタンピードが発生する可能性があるからです。

　そうなると被害は尋常ではなくなります。

私が向こうの世界で見たことがあるスタンピードの中でも最悪だったものは、一国の王都が壊滅し政権が崩壊したレベルです。

ええ、ダンジョンスタンピードを軽視し、さらにそれを抑えるべく冒険者たちに安い報酬で依頼を行った結果、冒険者たちは他国に避難しましたからね。

国に忠誠がある、もしくはその国を、命をかけて守らないといけないという理由がない限りは、冒険者といえども命は惜しいですからね。

「そうですね、仮定としてですが。もしもダンジョンスタンピードが発生したら、東京都は壊滅するかもしれません。あっちの世界では、冒険者が適当に間引きして内部の魔素を散らしていたので、そうそう発生することはありませんでしたけれど……さすがに、それを日本に求めるのは不可能ですよね？」

「そうねぇ……まあ、最悪の場合、変なところからお金をもらっている連中が、ダンジョンで発生する生物の保護を訴えそうよね。自分たちは安全な場所で叫ぶだけで、実際に被害にあっている人たちの話なんて聞かない連中が」

あはは。

小笠原1尉、意外と辛辣です。

まあ、ぶっちゃけると、そうなんですけれどね。

今でもほら、ニュースではなくインターネットでは『ダンジョンの民間への解放を』って叫ぶ連中が増えていますし。

あそこに一攫千金を求めるのなら、銃火器の使用許可を持った歴戦の戦士でないと無駄死にしますよ？　腕自慢の格闘家、凄腕の剣士？　うん、おそらく生贄ですね。

「まあ。口だけの連中は黙っていろ、です」

「そうね。それで、ここまでの説明で如月3曹はどうするの？」

「はぁ……調査名目で、任務でしたら行きますけれど。今でも、迷宮内の結界壁の維持のために週に一回は潜る必要があることは、小笠原1尉もご存知ですよね？」

「ええ。そのついでになら、多少は調査が可能よね？」

「了解です。如月3曹、結界壁の維持及び内部調査を行います」

「よろしく。では、市ヶ谷にも連絡しておくわ」

はぁ、次の結界壁の維持は三日後。

その時にはフル装備で行くしかありませんか。

○○○○○

――新宿大空洞発生から十二日後
巨大な八角形の形をした防護壁によって包まれた、新宿大空洞。

関係者以外は立ち入り禁止であり、防壁内部に向かうには防衛省の許可を得なくてはなりません。

私は迷宮内結界壁の維持作業のため、七日に一度は迷宮に向かうのですが。

正面ゲート外には、連日、多くの報道関係者が集まっています。

私から話を聞き出せる可能性は皆無なのですが、ゲートの隙間からなにか重要な機密が見えるかもしれないと集まっているそうです。

けれど……今日は、その報道関係者も呆然とする光景が広がっていました。

「な、なんだ……何が起こるんだ？」

陸上自衛隊の兵員輸送車両が、次々とゲート内部に入っていく。

その光景を見た報道関係者は、何が起きるのかわからない不安と、何かが起きるだろうという確信で胸が小躍りしているようにも見えます。

そんな中、私はといいますと……。

「あの、有働3佐。私はどう見ても部外者なのですが」

「はっはっはっ。そんなことはないだろう。そもそも、この部隊の責任者は君なのだからね？　作戦行動ということで私が隊長を務めているが、魔導編隊は君のための部隊なのだから」

はい、私の目の前には、どこの戦争映画の撮影ですかという感じで装備を固めている特戦群が待機しています。

人数は一個小隊、二十五名のエリート集団。

なお、小隊の半分は、私がよく知っている第1空挺団《狂っている連中》です。

「あのですね……はぁ。だから今回の作戦行動が、『即応魔導編隊』なのですか」

思わず頭を掻いてしまいますよ。

「最近では、即応魔導編隊のことを『即応マッチョ変態』って揶揄している連中もいるからなぁ」

「はっはっはっ。違いない‼」

そんなアホなことを呟きつつ、笑っている武田2曹と有働3佐。

そこ、階級を忘れないで‼

なんでこう、うちの連中はこういう時はフレンドリーなんでしょうか。

私も上官相手の口調については、あまり人のことは言えませんけれどね。

でも、気を付けているのですよ、一応は。

「あの、私までマッチョに加えないでください‼」

「あ～、デッドリフトで五百キロを軽々持ち上げる如月3曹には、言われたくないなぁ」

「女性だろ？百キロも上がれば十分だろうが。なんだよ五百キロって、世界記録一歩手前じゃないか」

「ほう。では如月3曹、今度、君のトレーニング方法を伝授してくれないか？」

ああっ、有働3佐までノッてきましたよ。

「は、はあ？有働3佐、トレーニングも何も実践で体を酷使していたら上がりますよ？魔力伝達で筋肉も強化されますから」

「わかるか‼そんなもの」

ですよね～。

——ピピピピッピピピピッ
そんな他愛無い話をしていると、有働3佐の腕時計が鳴る。

それを止めて有働3佐が時計を交換すると、全員の表情が一変し、立ち上がって整列します。

「傾注《アテンション》」

そして特戦群の帯刀1尉が叫ぶと、有働3佐が話を始めました。

「本日の作戦は、新宿大空洞内部に広がる迷宮区画の調査である。内部に何があるのか、どのような敵が存在するのかはいまだ不明。如月3曹による事前ミーティング及び資料を元にしても、実際に現地にて確認するまではどれほどの危険性があるのかは分からない。ということで、最低でもゴブリン種の存在はあるという仮定で、調査を行う」

今日に至るまで、特戦群及び第1空挺団には、私とヨハンナによるダンジョン講習が数回行われています。

ちなみにゴブリン種は向こうの世界ではメジャーな部類でありますが、なんといってもその繁殖能力と戦闘能力についての脅威度は、かなり高いです。

あっちの世界でも、戦う術を知らない町や村の人では、太刀打ち不可能。

なぜならば、奴らは『受肉した邪妖精種《ゴブリン》』というのが正式な呼び名であることからもわかるように、魔法による攻撃でなければダメージは半減します。

ましてや、そんな奴らが群れを成して襲ってくるのですよ。

よくあるファンタジー小説の中の雑魚モンスターと侮るなかれ、リアルのゴブリンは羆《ひぐま》と同等に強いですから。

特に女性はピンチです、貞操の危機です。

やつらは女性の体内に自らの魔力を注ぎ込み、人間の卵子と結合させて子孫を繁栄させるのですからね。

ま、まあ、ファンタジー小説や漫画では雑魚ですが、リアルで出るととんでもない輩なのです。

そのままダンジョンでの注意事項を確認しつつ、最後は時計合わせ。

「タイムハック……三……二……一……ハック！」

——カチッ

全員が時計を合わせます。

そして作戦開始。私が先陣を切って、魔法の箒で降下を開始します。

そのあとをチヌークが降下、懸垂降下で次々と隊員がダンジョン内部に突入してきます。

そしてチヌークの上昇開始後、五人がこの空洞迷宮入り口区画に留まり、殿《しんがり》を務めることになります。

私は魔法の箒から降りて、先頭を進む。

ちなみに私の装備は空挺団装備ではなく、七織の魔導師兵装、銃火器は無し。

これには自衛隊上層部も苦虫を噛み潰すような顔で許可を出してくれましたよ、ええ。

規律がどうこうよりも命の安全が優先、そう説得しましたから。

そしてゆっくりと周囲を警戒しつつ、私たちは瓦礫の上を進みます。

時折感じる腐臭、これは未だこの瓦礫の下に残されている『人以外』の死体の腐乱臭です。

まあ、新宿はネズミとか野良猫とかが多いですからね。

表情一つ変えず、隊員は私の後ろをついて結界壁の手前まで移動します。

「ここから先は結界壁を施していません。また、浄化の風による大気の清浄化も行っていませんし、何よりもワンダリングが発生する可能性があります」

「ワンダリングというと、先日のダンジョン講習で説明のあった『突然発生する魔物』のことだな。生命が何も無い場所で発生する原理も不可解だが、異世界では当たり前のことが、この世界でも発生するのか？」

私の説明に、有働3佐が問い返してきます。

まだ結界壁内部なので、魔物の襲撃はありません。

この空間は魔素が散っていますから。

「はい。ぶっちゃけるなら、ダンジョン発生原理の二番以外であるならば、モンスターが発生する可能性があると思ってください」

ちなみにダンジョンは、発生条件などで大まかに三つに区分されます。


一つ目は、星の中を流れる魔力河《マナライン》や、地球にも存在するレイラインや龍脈といった未知のエネルギーの噴出によりダンジョンコアが形成され、発生するもの。これは【自然発生型】と言われています。

二つ目が、古い遺跡を知性ある魔物が改造して作った、【人為的ダンジョン】。

そして三つ目が、【生体型ダンジョン】。


この三つ目が実に厄介でして。

これは、ダンジョンスライムという伝承級魔物が発生し、作り出したもの。

ダンジョンそのものがスライムの体内であり、内部に侵入したものを取り込み吸収する、とても珍しいものです。

この場合に発生するモンスターは『体内寄生型』というタイプで、ダンジョンスライムの体内に共生している蟲タイプのモンスターに限定されます。


「つまり、ここは人為的に作られたものではないということか」

「いえ、まだ仮定の域を出ていませんので、一概に否定するわけではありません。ただ、三番のダンジョンスライム型ではないと思われます。奴らは生きているものは吸収できない代わりに、死者や死体はゆっくりと溶かすように体内に取り込みます。そこらへんの瓦礫などから漂う臭気に死臭があることから、ダンジョンスライムではないこともわかります」

「もしもそうなら、とっくに取り込まれているということか」

「はい。ですから、このダンジョンは地球のレイラインから噴出した魔力により、ダンジョンコアが発生。ここまで急速に成長したのではと、推測されますが……」

ここで言葉が詰まります。

もしも私の話した通りなら、ここまで不可思議で人工的な構造にはなりません。

自然発生型は洞窟系と相場が決まっていますから。

つまり、一番と二番の複合である可能性もある。

それに、一番初めに突入したときに存在したゴーレム。

あれは魔族の作り出したもので間違いはないです。

「訂正します。自然発生型に何らかの人為的な手が加えられているかと思われます」

「ほう。それについての説明をお願いしたいところだが、あれは敵かな？」

有働3佐が、正面少し前の結界壁を指さします。

半透明な壁の向こうでは、5体ほどのゴブリンが結界壁に向かって攻撃を行っています。

巨大な斧を振るうもの、両手剣で力いっぱい切り込んでくるものなど。

少なくとも、あのように見えない壁に向かってやみくもに攻撃を仕掛けて来るタイプは下位種。

ただし、あのように強力な装備をうまく扱っているということは、それを指揮する存在、つまりある程度の知識を持つ上位種も存在するということで間違いはありません。

「ええ。先ほどの説明にあったゴブリンです。まあ、あの結界壁を越えてくることはありませんけれど、逆にあれを何とかしないと内部調査は行えないということです」

「全員、戦闘準備っ」

――ザッ
有働3佐の掛け声で、全員が立ち上がり銃を構えます。

「如月、カウントダウンのち結界壁の排除。そのタイミングで一斉射のち、各自の判断で敵をせん滅しろ。サンプルとして捕獲したいところだが、今回の任務はダンジョン調査である」

「はっ‼」

全員の返事にうなずく有働3佐。

そして5からカウントダウンが始まると、全員に緊張感が走る。

「二……一……ゼロっ」

――Brooooooooooooom
私が結界壁を消した瞬間、躍り込んできたゴブリンめがけてライフルが斉射されます。

ですが、数体のゴブリンが眉間を撃ち抜かれハチの巣になって転がったのに対して、一体のゴブリンは両手剣を盾のようにして銃弾をはじき返すと、そのまま発条《バネ》のように跳躍してライフルを構えた隊員のど真ん中に突入してきました。

同時に特戦群の隊員たちもライフルを捨ててナイフを引き抜くと、近距離でのナイフコンバットに移行。残った隊員はとにかく近距離に詰められないようにとライフルを斉射し、とにかく数を減らすことに集中しています。

「糞っ……こいつら、体の表面で銃弾をはじくぞ」

「こっちもだ。如月3曹、こいつらは化け物なのかよ‼」

「今、奴らの身体を覆う魔力膜をはぎ取ります……大気中魔素がここまで強力に作用しているなんて、私も計算外ですよっ」

素早く両手で印を紡ぎ、韻を唱える。

「七織の魔導師が誓願します。我が周囲に、四織の破壊の渦を生み出したまえ。我はその代償に、魔力四百を献上します……魔力破壊《ディスペル》っっっっ」

――シュンッ
私を中心に、巨大な魔力の渦が発生。

この渦に触れたゴブリン共の身体を覆う魔力膜が瞬時に破壊され、より黒い体表が露わになります。

それにしても、これほどの強度を持つ魔力膜が形成されるダンジョンだなんて予想外です。

まるで、魔王国の帝城に施された、『魔王の加護』を彷彿とさせてくれますよ。

「敵性対象の魔力膜を破壊しました。けが人は下がってください、私が魔法による応急処置を施します‼」

「了解……と、それじゃあ、ここからが本番だっていうことかよっ」

先ほどまでとは違い、ゴブリンたちの動きも鈍くなったように感じます。

それでも膂力は羆レベル、瞬発力は鹿レベル。

そんな輩が武器を振り回しているのですから、油断すると首が胴体から切り離されます。

それでも、先ほどまでの劣勢状態から状況は優勢へと転換。

床の上にはゴブリンの死体が一つ、また一つと増え始めました。

「ｓｎｃｆｗｉｇｈｆｏｕｔｈｇａｗｍｂａｐｖｈｖａｗｂｂｈｎ」

そして隊長格らしいゴブリンが何かを叫ぶと、一斉にダンジョンの奥へと走り出します。

どうやらこのままでは全滅すると理解したようですけれど、逃げるターゲットをみすみす見逃すほどのお人よしは、この場にはいませんよ。

「構えっ……てい！」

——Ｂｒｏｏｏｏｏｏｏｍ
ライフルの一斉射。

魔力膜という加護を失ったゴブリンたちの身体に、銃弾が次々と突き刺さっていきます。

そして気が付くと、逃げ出したはずのゴブリンたちは皆、その場で物言わぬ躯となっています。

「ふう……如月３曹、敵性存在は、まだ残っているか？」

「確認します……」

両手を左右に広げ、魔力によるアクティブセンサーを発動。

うん、この周辺区画には、モンスターの放つ気配や魔力は存在していません。

「敵性存在、なし」

「了解。周囲の警戒を続行、体勢を整えつつ交代で休息を。如月３曹、異世界の場合、このモンスターの死体はどのように処分するのが適切かな？」

有働３佐の問いかけに、私はオトガイに指をあてて考えます。

「基本的には素材のはぎ取り、魔石と装備品の回収といったところです。残った死体については放置です。ダンジョンにもよりますが、死体は掃除屋《スライム》が現れて捕食しますので」

「ふむ。可能なら数体ほど、サンプルとして持って帰りたい。どれが良いか選んでくれるか？ そのあとは二人つけるので、剥ぎ取りと魔石回収をお願いしたい」

「了解しました」

さて。

それじゃあ外傷の少ないものを数体選び、後方で待機している隊員たちに遺体収納袋に収めるように指示します。

そののち、二人の隊員にゴブリンの解体方法を伝授します。

「……と、このように死体の心臓部辺りに魔石があります。これは大気中の魔力を集め、それをエネルギーに変換する臓器と思ってください。ほら、この砂肝のような器官を切り裂くと、中に魔石が入っていますよね……」

手早く、ササッと解体。

本来、ゴブリン程度の体内から回収できる魔石は、直径二センチ程度の黒い石なのですが。

このゴブリンからは、一センチ未満の魔石しか出てきません。

周辺環境の魔力が希薄であると、このように魔石も育たないのですよ。

「うわ、ちっさ。まあ、ダンジョンが発生して間もなくですし、そもそも地球の大気成分には魔力はほとんど含まれていないからなぁ……って、そこの二人、目を逸らさずにこっちを見る。隣のゴブリンの解体は貴方たちにやってもらいますからね」

「り、りょうか……ウウプッ」

はい、袋を取り出して盛大に吐きましたか。

そりゃあ無理もないか。

見たことのない人型の魔物を解体して、その中から魔石を取り出すなんて作業、慣れない人にはきつすぎますからね。

まあ、そんなことはお構いなしに、私はどんどん解体を続行。

そりゃあもう、異世界生活一年目で慣れましたからね。

わざわざ冒険者ギルドに出向して、解体業務の補佐までして身に付けた技術ですから。

「……さて。有働3佐、ゴブリンの解体作業完了です。死体は壁際に捨てておきましたので、あとでスライムが発生して掃除してくれます」

「了解……と、そっちの二人は入り口側後方に回れ、しんがりの二人と交代させる」

「「ハッ！」」

私と一緒に解体作業をしていた二人は戦闘不能、というかすでに精神疲労限界の模様。

任務に支障が出るということで、後方と配置変換ですか。

まあ、ゴブリンって醜悪な顔つきと体色ですけれど、見方によっては子供ですからねぇ。

それを解体するだなんて、まともな精神の人間にはきつ過ぎますよ、うんうん。

「よし、それでは調査を再開する。如月3曹、異世界でのダンジョン攻略についても、このような手順を繰り返すのだったな？」

「はい、おおむねこの通りです。漫画のように敵を倒した瞬間に素材がドロップしたりはしません。たいていは倒した獲物をアイテムボックスに収納し、街に戻ってから解体屋に依頼して素材となる部分を回収するのが通例ですね」

「しかしなぁ……そのアイテムボックスというのは如月3曹しか持っていないのだろう。その魔術を我々が修得することは可能なのか？」

「適性があれば可能、ということです。今回の任務が終わってから、調べることにしますか」

「そうだな……」

ということで、再び調査は続行。

マッピングしつつ回廊を進み、十字路とか行き止まりをいくつも経由して、大まかな地図を作成。

その途中途中でゴブリンの群れと遭遇すること三回、さらに上位種である『ダークコボルト』との戦闘が二回。

ゴブリンについては最初の群れほどの規模ではなかったため、すぐさま撃退からの素材回収が行えましたが、ダークコボルト戦では負傷者が続出。

邪妖精であるゴブリンに対して、ダークコボルトは地属性の精霊。それもダンジョンに出てくるものは瘴気によって凶悪化した存在ですから。


ダークコボルトについてですが、一見するとゴブリンと似たような醜悪な顔を持ち、つやつやと光る藍色の皮膚を持った子供というのがわかりやすい説明かとおもいます。

しかも、奴らは武器の扱いに長けていることでも有名で、近接戦で特戦群を圧倒していたのです。

ダンジョンではない場所に自然発生するコボルトなら、ただのいたずらっ子ですので可愛げがあったのでしょうけれど。

迷宮の歪んだ瘴気・魔力によってその生態まで歪められたのが、ダークコボルトです。

さて、休憩を挟みつつ怪我人の手当てを行い、また調査を続行。

八時間の行程ののち、ようやく第一層のラストと思わしき巨大な扉のある広間へと辿り着きました。

巨大な両開き扉のある壁と、三方向に伸びる回廊。

そして、これ見よがしに設置されている宝箱が三つ。

ええ、これではっきりしましたよ、自然発生型ダンジョンに魔族が介入しているっていうことが。

「さて、如月3曹。この扉はいったいなんだね」

「はい、俗にいうボス部屋ですね。自然発生型の場合、ここを越えると次の階層へと向かうことができます。もっとも、先に進むことができるかどうか、ふるいに掛けられると思って間違いはありません」

「ふるいに掛ける……か。なぜ、ダンジョンはそのようなことを行うのだ？」

「これはあっちの世界のパターンなのですけれど、基本的には弱肉強食なのですよ。それでいて、ダンジョンの最下層には『ダンジョンコア』という魔力の集積体が存在します。それを用いることで、ダンジョンを自在に作り替えることができます。それこそ、好きな資源だけを採掘できるダンジョンとかも作れるのですけれど……」

そう説明してから、扉を確認。

「ダンジョン自体も、それを維持するために魔力を必要とします。魔力とは、挑戦者である人間たちの命のことです。ダンジョンは死者の魂を吸収して成長を続けます。特に、人工ダンジョンの場合、ダンジョンコアが力を蓄えるために強力な魔物を配置することがあるのですよ」

「それなら、わざわざボス部屋など作らなくても、強力なモンスターを配置しておけばよいのではないか？」

「そんなメリットがなくて命の危機しかないダンジョンなんて誰も近寄りませんよ……要は、バランスよくモンスターを配置し、冒険者を誘い込んで魂を回収しようと企んでいるのですよ、ここの主である魔族は」

扉のタイプから察するに、自然発生型に魔族が介入し、ダンジョンコアの支配権を書き換えた。

おそらくは、そんなところでしょう。

そうしてここで冒険者たちが突入してくるのを待ち、ダンジョンを成長させようというところでしょうけれど。問題なのは、どうしてこれが新宿に発生したのか。

「そして、この宝箱。実はこれも、ダンジョンコアの能力によって生み出されています」

「宝ということだが、中にはどのようなものが？」

「人の欲の塊。ダンジョンコアは、自らの領域に足を踏み入れたものの意思を、特に欲望を読み取ります。そして自らの力で侵入者の望むものを生み出すと、それを宝箱の中に設置します」

そう説明しつつ、一番手近な宝箱の前に向かいます。

ちなみにですが、魔法によって罠を感知し鍵を開けることぐらいは造作もありません。

ただし、そのためにはそれなりの知識が必要でして。

私たちの場合も、宝箱の罠外しや鍵開けはスマングルが担当してくれていましたから、ほとんどお任せしていました。

ぶっちゃけると、開錠と罠解除の術式は、魔力の消耗が激しいのでやりたくないのですよ。

そんな私の思いとは裏腹に、有働３佐は興味津々。

「ちなみに、誰でも開けられるのかね？」

「いえ、専門家の能力が必要です。先ほども説明した通り、ダンジョンの宝箱は魂の回収装置のようなものです。それこそ即死級の罠が仕掛けてあることだってありますので」

それでも、解除さえできれば莫大な富を手に入れることもできる。

ダンジョンコアはそのあたりを理解しているのか、うまく宝箱を使っているようです。

だって、百％確実に殺せる、解除不可能な罠なんて誰も近づきませんからね。

「では、如月３曹なら？」

「罠解除系の魔術は、普段使いの魔法よりもかなり魔力の消費が激しいのです。それと、あっちの世界の宝箱を開けた場合のルールとしては、中に納められていた宝については開けた者、もしくは開けたパーティーに所有権が発生します。私が試しに開けた場合、それは私のものということでよろしいでしょうか？」

これもあっちの世界の普遍的ルール。

それを地球に適応させるなんてナンセンスと思うかもしれませんが、異世界という前例がある以上、私としては引きたくはありません。

「宝物内部にあったものを、調査資料として提出することは可能か？」

「……くだらないものであったなら。ただ、ここの場合、この場の誰かの欲望が具現化している可能性がありますので。だから、一攫千金が入っていることもあれば、吉乃家のチーズ牛丼特盛葱抜きとかの可能性もあります」

本当、これぱっかりは運です。

そんなもののために、大切な魔力を消費したくはないですよ。

空腹の状態で宝箱を開けた結果、中には大量の食糧が入っていたなんて事もありましたから。

「地図に宝箱の位置だけを書き記しておくように。それと、この宝箱は、回収後はどうなる？」

「はい、開けた後も放置しておけば、勝手に閉じたのち中身は一定時間後に再び発生します。リスポーンといいまして、そういうものと思ってください。私にも、今一つ納得のいかない仕組みなのですから」

本当、異世界については、私だってその全容を知っているわけではありません。

そういう意味では、私の魔法の師匠は化け物だったのですよねぇ。

「では、話を戻そう。これまでの如月３曹の説明どおりだとすると、ここのダンジョンには支配者が存在し、人間の魂を刈り取っているというのだな」

「はい。魔族が支配するダンジョンということなら、最も効率よく人間の魂を集めるには最適なシステムだと思われます。集めた魂でダンジョンも強化され、それにともなって魔素濃度も濃くなっていく。結果、自然発生するモンスターが溢れ出し、ダンジョンから外に噴出する……ダンジョンスタンピードという現象が発生します」

「そ、そんなことになったら」

「ダンジョンの近隣にある町や村はモンスターの襲撃を受け、最悪は全滅する可能性もあります。そうならないように、冒険者などが定期的にダンジョンに訪れては、モンスターを間引いて宝物を回収している……といったところでしょうか」

まだまだ、ダンジョンについての説明はあるのですが、今回はこの程度で。

基本的な部分はあらかじめ説明しましたけれど、戦闘手段とかのレクチャーを優先していましたからね。

「では、このダンジョンも放置しておくと、先ほどのゴブリンやダークコボルトのようなモンスターが地上に溢れ出す可能性があるということか」

「この新宿を中心に、迷宮より湧き出た魔物によって蹂躙される地域が拡大します。ですから、私は急ぎダンジョンコアを破壊、もしくは支配権を書き換えるべきだと意見具申します。それをやるのは、私たち冒険者の役目であり、国民を守る自衛隊の任務です」

「今の日本には、冒険者関係の制度やシステムは存在しないからなぁ……わかった、検討材料として上申しておく。ありがとう」

ボス部屋前の回廊で、三十分の休憩。

そののち第一階層部分のマッピングを続行し、地図を作成するまでが今回の任務ということになりました。

さすがにボス部屋に何がいるかまでは、私も知りませんけれど……。

ここに至るまではゴブリンとダークコボルトしかいませんでしたから、このダンジョンの特性は邪妖精や邪精霊を主体とした亜種族が湧き出るタイプでしょう。

そう考えると、このボス部屋はゴブリンロードかゴブリンジェネラル、もしくはそれらの混成部隊が待っているという可能性があります。

うん、今の戦力では私以外は全滅必至。

それでは一休みしたのち、マッピングの続きを開始することにしましょうか。

って、これこれ、そこの3曹たち。宝箱に興味があるからと言って開けようとしないように。

最悪は、この部屋の全員が『死せる絶叫《バンシーズスクリーム》』の罠にかかって全滅、なんてこともありますからね。

○○○○○

そして、調査も無事に終わり。

私たちは、初めてのダンジョン調査からの帰還を行いました。

しかも魔導編隊の隊員の、ほぼ全員が疲労困憊状態。

隊員たちは体調を整えるために、新宿からほど近い陸上自衛隊市ヶ谷駐屯地に用意された魔導編隊用隊舎に戻って休息をとり、翌日の九時にブリーフィングルームに集合。

私は回収されたゴブリンとコボルトの死体についての説明のため、世田谷区の自衛隊中央病院へと移動。

幕僚幹部立会いの下、モンスターの死体を解剖しつつ、説明を行ってきました。

ええ、さすがにこれは私しかできないことですので、いきなり引っ張っていかれましたよ。

地球には存在しないモンスターという存在。そこから採取できる素材と魔石。

それらについての説明の後、医師立ち合いのもと解剖しましたよ。

魔石や素材についてはしっかり説明を行いましたけれど、人体解剖学なんて学んだことがないので、モンスターの身体の構造については簡単な説明だけ。

あとは本職の方にお任せしますということで、丸投げしてきました。

「……ということで、ゴブリンとダークコボルトの素材および魔石については、地球ではどのような価値があるかはっきりとわかりません。これは科学者や医者の領分なので、そちらにお任せします。ただ、これらの資源を生み出すダンジョンという存在の危険性と価値については、今の説明の通りです。あとは統合幕僚監部および日本政府の判断にゆだねますが、資源回収に必要な戦闘力というものも、十分に考慮してください」

淡々と説明を行い、最後は私の挨拶で終了。

これでこの場での私の任務は全て完了し、明日以降の作戦についてはブリーフィングを行ってから決定ということで話は終わりました。


……

……

…


翌朝。

朝一番でミーティングルームに集合。

定刻通りに打ち合わせが始まったところまでは、良かったのですけれど。

「まず、昨晩行われた緊急閣議の結果。新宿大迷宮の管理責任が、防衛省から内閣府異邦人対策委員会へと移管されることになった。警備その他は現状のまま防衛省が行うこととなったが、内部調査その他の方針については、今後は『異邦人対策委員会』によって取りまとめられる」

有働3佐の最初の一言がこれです。

さて、いったい何があったのでしょうか。

「なお、第一魔導編隊だが、現在進められている作戦行動は全て解除、新宿大迷宮の攻略を目的とした活動に切り替わる。正式な作戦開始は四十八時間後、この時刻をもって第二次新宿大迷宮攻略作戦の開始となる。ここまで質問は？」

さて、それではいくつか聞きたいことがあったので、手を上げてみます。

「如月3曹か、なんだ？」

「ダンジョン攻略における、素材およびドロップ品の所有権についてですが。私が経験した異世界では、ドロップ品および素材はモンスターを討伐した本人、およびそのパーティーに権利が与えられました。今回の討伐任務では、どのような方針となるのでしょうか？」

ここ、大切。

そろそろ新しい魔法薬を作りたいところなのですが、それに必要な素材が足りなくなってしまう可能性が出てきました。

薬草関係はまあ、栽培すればどうとでもなりますけれど。

問題なのは、魔物由来の素材の入手。

それがなんと、この新宿大迷宮で回収できる可能性があるのですよ。

おそらくですが、二層あたりからはレア素材がゲットできるかもということで、このような質問を行ったのですけれど。

「残念だが、全て日本政府が回収するそうだ。作戦上で入手および回収した素材は全て、異邦人《フォーリナー》対策委員会が、その用途について決定するということになったらしい。現時点で解析された素材ついての報告書では、魔石はレアメタルの代用品となるらしく、それ以外のモンスター由来の素材についても今までとは比較にならない強度が確認できたらしい」

「なるほど。そういう方針ですか」

「まあ、納得がいかないのは分かるが、これも国が決定した方針だ。異議申し立てがあるなら、このあとで聞く。それと、今回の作戦については生命の危険が高い。よって、作戦に参加するかどうかについては、各自で決定して構わない。もしも配属変更を希望するのなら、この後で申請するように」

ブリーフィングについてはこれで終了。

私たちは四十八時間の休暇が与えられ、その間に今後の方針について考える時間がもらえたということですので。

ということで早速、有働3佐の元に向かいます。

だって、自分のものにならないのに、手伝う義理なんてありませんから。

すぐさま本営に向かい、有働3佐に面会を申請。

そして執務室に案内されました。

「如月3曹か。次の任務についての質問か？　それともなにか相談でも？」

「いえ、私は第二次新宿大迷宮調査部隊への参加を辞退します」

「……んん？」

はい、有働3佐の目が丸くなりました。

そりゃそうですよね、ダンジョンの生き字引といっても過言じゃない私が、作戦を降りるって話をしているのですから。

ゴブリンを始めとするダンジョンに出現するモンスターの魔法膜をはがせるのも私だけですから、それが無くなるということは最悪、全滅の危機だって考えられますからね。

「待て、君は魔導編隊の隊長だろ？」

「はい。ですから隊長も辞任します。今回の方針については納得していませんので。もしもこれが認められないのであれば、自衛隊員を辞めても構いません。その場合はアメリカに引っ越しでもして、のんびりと過ごすことにしますので」

「なぜそうなる？　ちょっと短絡的過ぎないか……」

まあ、短絡的過ぎるでしょうけれど、今回の日本政府の決定については疑問しかありません。

まず一つ目、危険な存在であるダンジョンを国が管理する。これについては、問題はありません。

ただ、それが可能なのは出現するモンスターを定期的に間引けるだけの力があればこそ。

現状の魔導編隊ならばそれは可能ですけれど、私のバックアップありきで考えられていることが見え透いています。

そして二つ目、素材の完全回収。

モンスターの素材その他は全て、討伐した者がその権利を有するというのがあっちの世界の基本的ルール。まあ、ここは地球なのでそれが認められないというのは分からなくもないですが、それを私が使えないというのは些か問題があります。

　私が倒したものは私に寄越せ、それなら手伝うっていうことですよ。

　この二点を懇切丁寧に説明すると、有働3佐はため息をついています。

「まあ、如月3曹の意見は理解できる。だが、自衛隊という組織としては、上からの命令は絶対だからな。今回の決定についても、かなり強引に話を進めた勢力があるというのも事実だが、この地球上において初めての異世界型ダンジョンが発見されたのだ。それをくまなく調査するのも、我々自衛隊の任務であると思うが」

「はい、ですから配属転換をお願いします。このような状態では、この先何があるかわかりません。特にボス部屋攻略から第二階層以降の攻略ですが、今回の決定では、任務というだけでは私自身のモチベーションは維持できません。ただの紙切れ一枚に命を懸ける気なんて、さらさらありませんので」

きっぱりと言います。

すると有働3佐も腕を組んで考えています。

「では、書面にて配属転換申請を提出してくれ。むしろ如月3曹からのその申し出があったことは、予測の範囲内だったからな。まあ、明日辺りには来るだろうと思っていたのだが、まさかすぐに来るとはなぁ」

「……はぁ？」

え、まさかとは思いますが、私が反対するって判っていたのですか？

「今頃は、他の隊員たちも配属転換申請を行っていると思われる。そもそも、欲の皮に目がくらんだ議員どもの自己満足に、隊員たちの命を賭ける気など毛頭ない。腐れ議員の利権など知るものか……ということで、早めに書類を提出して、とっとと休暇を楽しむように」

「はい、如月3曹、休暇を楽しんできます」

笑顔で敬礼して、私は部屋を後にします。

有働3佐も、今回の作戦立案にはお怒りだったようで。

ということで本営の事務局で書類を……って、うちのメンバーのほぼ全員がいるじゃないですか。

彼らの申請受理を待つこと一時間。ようやくわたしも書類を提出。

事務局の担当が顔を引きつらせていましたけれど、私はしりませーん。

さあ、北海道に戻ってのんびりしようっと。


………

……

…

――翌日・国会議事堂・第二委員会室
第二次新宿大迷宮攻略作戦を控え、異邦人対策委員会は頭を抱えていた。

先日、魔導編隊によって持ち込まれたモンスターの死体および素材の分析結果、その一連の中間報告書が届けられていたのである。

モンスターが所持していた金属武器の有用性と魔石の性質、この二点の報告書が最も注目されていたのだが、なんと現在の日本における希少資源の回収に一役買ってくれる可能性が出てきたのである。

「……この魔石はレアアース十七元素のうち、十二元素の代用が可能……。そしてモンスターが所持していた金属はタングステン含有量が高い。つまり、あの迷宮にはこれらの鉱脈が存在している可能性があるということか」

報告書を眺める委員……いや、議員たちに対して、担当の事務方官僚が機械的に説明を行う。

「如月3曹の報告によりますと、鉱脈ではなく自然発生という説明がなされていますが」

「自然発生だと? それじゃあなにかね? この報告書に記されているゴブリン種というのは、このようなレアな素材を手に、何もないところから自然発生するというのかね」

単純に考えても、現代世界でそのようなことはあり得ない、あってはいけない。

無から有を生み出すなど、フィクションでは存在しても、現実にあったとなればとんでもない混乱をきたしてしまうから。

だが、如月3曹のレポートでは、それが異世界のスタンダード。

ダンジョンでのモンスターの自然発生については、まだその全容が明かされていない。

しかし、この希少素材を定期的に回収できる仕組みを作り出せば、現在の日本における資源枯渇問題も一気に解決できるのでは……と、話が飛躍し始めるのも不思議ではない。

「はい。現状では、まだモンスターの発生サイクルも不明ですが。しかし、この素材が第一層で入手できたというのが問題なのです。如月3曹のレポートでは、階層が深くなるほどモンスターの脅威度が高くなり、それにともなって入手できる素材もより上位のものに変わっていくということです」

「これよりも上位……つまり未確認元素とか、それに準ずるものということか」

「はい。それと、最下層に存在するダンジョンコア、それの支配権を書き換えられるならば、ダンジョン内で入手できる素材や環境も大きく変えられるということですが」

つまり、国家がダンジョンを支配すれば、どのような素材も自由に入手することができる。

この説明だけで、その場に集まっていた議員たちの顔もほころび始める。

自分たちに忖度してくる企業や後援会にも、より強力な権力を振るうことができる。

そう考えるだけで、今後の展望についても明るい見通しが見え始めているのだと錯覚していたが。

「それで、明後日の第二次新宿大迷宮攻略作戦では、どれだけの部隊が参加できるのかね。できるだけ大量の戦力を動員して、できる限りの資源を回収してきて欲しいものだよ、我々のために」

「はい、現時点では魔導編隊は休暇ということになっていますが。すでに本営からは部隊の再編のために作戦期間の延長が行われたという報告が届いています」

「再編？ それはどういうことかな？」

「魔導編隊の隊長である如月3曹が、今回の作戦について異議を申し立て、部隊から離脱しました。それにともない、第一次新宿大迷宮攻略作戦に参加した隊員たちも、全員が配属転換を申請、それが受理されたそうです」

――ガタッ

その報告を聞いて、委員会の中心議員が立ち上がる。

「ふ、ふ、ふざけるな!! そのようなことが認められるものか！」

「そもそも、魔導編隊は陸上自衛隊の第1空挺団所属です。つまり防衛省管轄ですので、この申請は普通に認められますね。特殊作戦における部隊の再編は自衛隊側の管轄ですし、配属転換の申請は自衛官に認められている権利ですから。なお、新宿大迷宮攻略作戦については、如月3曹の魔術があってこその作戦および部隊編成だったそうですので、現状は作戦の維持は困難であるという報告も届いていますが」

「そんなこと認められるか!! いいからとっとと如月3曹を作戦に引き戻せ。どんな手を使っても構わん」

「ああ、もしも強権を発動して強引に作戦に参加させるようなことがあった場合、如月3曹はアメリカに移住するそうですよ。最悪の場合、魔法の箒でアメリカまで飛んでいって亡命するそうですが」

――ドサッ

自衛隊に配属させてしまえば、あとはどうとでもできる。

そう思って如月弥生を自衛隊に編入させ、彼女の持つ魔法の力を好き勝手に自分たちのために使わせようと考えていた委員会だが。

ここにきて掌を返されるどころか、三百六十度捻られた感じである。

「なぜだ……我々は彼女の我儘を通すために法律まで改正したのだぞ……まあ、元々変更する予定だった部分に彼女の名前を利用して強権を振るったのは事実だが……そこまでしてやった我々に牙を剥くというのかね」

「いえ、そもそも現状では彼女にとってダンジョン攻略の旨味がないそうです。回収資源のすべてを国が接収するという時点で、彼女自身にとってメリットがないとか」

「当然だな。任務中に入手した希少素材は国が効率よく管理する、それの何が間違っているというのかね？」

「命を賭けるほどではない、ということだそうで。そして彼女が降りることにより、生存確率が三割を切ったというシミュレーションのデータもあるため、他の隊員たちも転属願いを……という流れです。そもそも当委員会と防衛省は管轄が違うため、こちらとしては如月3曹に命令したり、強制したりすることはできません」

淡々と説明する事務方官僚。

結局、この日はまともな話し合いになどならず、防衛省からの追加報告を待つため会議はこれで終了した。

○　○　○　○　○

——新宿大迷宮・最下層
広い地下空洞。

その中心に立つ、深紅の水晶体。

その手前に広がる魔法陣の中で、一頭のサモエド犬が座禅を組み瞑想を行っている。

やがて魔法陣が点滅を始めると、そこから無数の触手のようなものがサモエドに向かって伸び、全身に絡みつく。

「ウォン‼」

そしてサモエドがひと鳴きした瞬間、触手は光を放って消滅する。

「……くっそぉぉぉぉぉ。せっかく地球に帰って来たというのに、どうして俺はこのような姿なのだ。これもすべて、あの腐れ勇者一行のせいだ……」

サモエド犬の名前は、アンドレス・アインホルン。

彼はドイツに住む芸術家であり、十年ほど前に事故に遭い、異世界アルムフレイアに召喚されてしまった。

弥生たちと異なるのは、彼は転移ではなく転生。

つまり魂のみが召喚されたのだが、その転生先は魔王であった。

つまりアンドレスは異世界の魔王として転生し、そのまま魔王国に君臨。

世界征服のために、悪逆非道の限りを尽くしてきた。

そのアンドレスも半年前、スティーブら勇者パーティーにより殲滅され、その魂は封印されてしまったのである。

だがアンドレスは封印が効力を発揮する間際に禁断の秘儀を行い、自らの部下たちと共に精神体として蘇り、再び力が高まる日をじっと待っていた。

だが、勇者たちが異世界から地球に帰還するとき、彼らの魂も強制送還されてしまったのである。

「そもそも、俺はまだ、あの世界を征服しきっていないんだぞ。挙句、あの糞ったれ邪神は、『精神生命体は魂みたいなものだから仮初めの肉体に入ってもらう』とかいいやがって……それがこれかよ‼」

スックと立ち上がり、二足歩行で巨大な水晶体《ダンジョンコア》の前に進む。

そこに映っているのは、純白でもっふもふの自らの身体。

数か月前、彼の故郷であるドイツに転生したとき、彼は何もできない一匹のサモエド犬であった。

そこから様々な経緯を経て、徐々に魔力が回復した後は、アイテムボックスから魔石を引っ張り出してはそれを噛み砕いて飲み込み、じっくりと体を作り替え始めた。

また、ある時は異世界から魔物を召喚し、それを分解して魔力を喰らっていた。

それでようやく本来の力の一割程度を取り戻した時、魔王アンドレスは彼の部下である四天王も地球にいるのではと考え、彼らにしかわからないメッセージを送った。

そして紆余曲折の中、どうにか四天王と合流。世界征服のための橋頭堡を作ろうと、まずは日本征服からとダンジョンを構築したのだが。

「しかもだ、よりによって最初に作ったこのダンジョンに空帝ビッチがくるなんて聞いてねーぞ‼そうだろう、ヤンよ」

水晶体《ダンジョンコア》の前で叫ぶアンドレス。

その後方では、彼と同じように二足歩行で立っている、ドワーフラビットのヤンが立ち止まっている。

「仰せの通りでございます。吾輩がこのように再び肉体を得られたのも、全ては魔王アンドレスさまの思し召し。しかし私の記憶では、生前の私はドワーフの重戦士であったはずですが……この姿は」

「ドワーフラビットという、こっちの世界の動物らしい。まあ、今はお前も力を取り戻せ。ダンジョン内に出現する魔物を討伐し、経験値を稼いでくるといいだろう」

「はっ……それでは失礼します」

恭しく頭を下げるヤン。

ちなみにだが、ヤンはアンドレスが地球人であったことは知らない。

ヤン自身も元々は地球人であり、中国出身のアクションスターであることを隠しているように。

そして今の話に合った、【経験値】という存在。

そもそも経験値などという地球のゲーム的な感覚は、異世界アルムフレイアには存在しない。

だが、アンドレスは敵を倒すことで成長するという世界法則を理解し、そこにゲームのような経験値があるのではという誤った認識を手にしてしまったのである。

「さて。まだ往年の1割も力を取り戻していないというのに……もしも空帝ビッチが勇者たちを連れて来ようものなら、俺はまた殺されるぞ……そうなると、さすがに二度目の蘇生なんて不可能だからなぁ……」

今は力を取り戻し、勇者対策を万全にする必要がある。

そのためにも足元を盤石に鍛え上げなくてはならない。

今、何をすべきか。

生まれ変わった魔王アンドレス・サモエドは、水晶体《ダンジョンコア》の前で自問自答を繰り返していた。

休暇も終わり。

別命あるまで待機ということで、私は習志野駐屯地にある第1空挺団に引っ越ししてきました。

引っ越しというか、適当に着替えとかを持って来て、元の隊舎に入っているだけなんですけれどね。

ちなみに午前中は第1空挺団と合同訓練、午後は以前と同じように魔導編隊入隊申請書類の精査ですよ。

「まあ、見事なまでに適性者ゼロか。このまま書類を提出していいんじゃないかな？」

「ええ、高千穂1佐のおっしゃる通りです。でも本営からは突っぱねられましたけれどね」

高千穂1佐は、この習志野駐屯地業務隊の統括責任者です。

私がここに初めて来たときから、ずっとお世話になっている優しいおじ様ですね。

「しかし、いつまでも適性者ゼロというのを続けても、なにも始まらないのじゃないか？　上層部からは、三年以内に魔導編隊の訓練候補生を選出し実践に耐えうるように教育するようにと言われているのだろう？　すでにアメリカ海兵隊では、身体強化魔術が使える兵士が、一部だが存在しているという話ではないか」

「おそらく、スティーブが裏技を使っただけですよ、きっと。それに身体強化魔法といっても、魔力ではなくオーラ、つまり闘気を使った強化訓練を始めたのだと思いますよ。闘気適性者は魔導適性者よりも大勢いますから」

淡々と説明して、私も右手を握って闘気を纏わせます。

すると、初めて闘気を見る高千穂1佐の目が丸くなっていますよ。

ちなみにですが、私の体内経絡は、魔力回路として適合させてしまったので闘気は使えません。

その代わり、体内の魔力を闘気に変換する術式を用い、疑似闘気として使用しているのです。

「如月3曹、その闘気適性というのは報告書に書かれていなかったはずだが。君も使えるのか？」

「いえ、私は魔力を闘気に変換しているだけです。まあ、訓練方法とかは一通り学んでいますけれど。私の場合は、『ブレンダー流・拳闘術』っていう総合体術を学んでいたので、自然と操り方とかも覚えた程度ですので」

「ふむ。では、それを特戦群や希望する隊員にレクチャーすれば、新宿大迷宮攻略作戦でも君抜きでどうにかできる可能性はあるかな？」

高千穂1佐の目がキラーンと輝きました。

まあ、空挺団や特戦群の隊員でしたら、闘気の方がどっちかというと使い勝手がいいかもしれませんね。それほど難しい技術ではありませんから。

「そうですねぇ……可能性で言うのなら、生存確率が三割から六割ぐらいまでは高まるのではないですかねぇ。武具に闘気を纏わらせれば、ダンジョンのモンスターが纏っている魔力膜を簡単に貫通できますし、打たれ強くもなりますね」

「では、明日から時間を取ってもらって、訓練を頼めるかね？　入隊希望者についての選出については、当分は休んで構わないから」

え、事務仕事から解放されるのですか？

それなら喜んで。

「如月3曹、謹んで拝命します」

やった、堂々と書類仕事をさぼれますよ。

「それと、私は気にしないが、任務中の上官に対する話し方は敬語。君はすぐ忘れてしまうからね」

「了解です！」

あう、またやってしまいました。

第1空挺団でのノリというか、同期相手の話し方が地になってきていますよ。


………

……

…

——翌日・午後

習志野駐屯地横・習志野自衛隊グラウンドは、死屍累々の有り様です。

闘気循環訓練ということで、私は希望する隊員の腹部に向かって全力で闘気を叩き込んだのです。

これは初歩訓練、実際に外部から闘気を受け入れ、それを体内で循環させるというのが最も効率よく、且つ、最速で闘気法を修得できるのですけれど。

「ウゲェェェェェ」

嘔吐しそうになり袋に口を当ててるもの、そのままスプラッシュしているもの、そして激痛により腹を押さえて丸くなっているものなど、実に多数の隊員がグラウンドに転がっています。

まあ、あっちの世界の人間とは違って、地球の人々は魔力などの通り道である『経絡』が発達しているわけではありませんからね。

そりゃあ嘔吐もしますよ。

目に見えない、毛細血管のような経絡にいきなり外部から闘気がぶち込まれたのですから、体がびっくりして拒絶反応を示しますよね。

「……ふう。如月3曹、これはいつ頃、治るのかな?」

「はい、無理やり闘気を叩き込んで、強制的に経絡を開放しましたからねぇ。いえ、開放しました!」

「ああ……ここは私だけだから構わんよ」

ああっ、ありがとうございます。

「では説明します。今は体内の経絡を闘気が走りまくり、内臓を始めとする全身至るところまで闘気が浸潤しているところかと思われます。運よく適合すれば、明日の朝には空腹迷子になって食堂を徘徊しているでしょうけれど、適合しなかったら一週間はこのまま地獄の苦しみ……ですかねぇ」

淡々と高千穂1佐に説明しますと、数名の隊員が四つん這いになり、生まれたての小鹿のようにふらふらと立ち上がり始めます。

「ほう。それでは参考までに聞かせて欲しいけれど、今しがた立ち上がった武田2曹と本田1曹は、適性があったということで間違いはないのだな?」

ほえぇぇ。

私の闘気をぶち込まれて、この短時間で立ち上がりましたよ。

さすがは第一狂っている団のメンバーです。

身体能力も狂っていますね、胸の体力徽章は伊達ではなかったようです。

それに、転がっている連中……と、上官もいますが、ほとんどが適合していると思われますよ。

今は、私の闘気に体の中を食い荒らされているような感触と戦っているようですが。

「確か、アメリカ海兵隊で闘気に覚醒した隊員は十名未満でしたよね？　これはギネス記録を超えられるかもしれませんよ」

「はぁ、君は本当にうれしそうだなぁ。それで、闘気覚醒したとして、彼らが他の未覚醒者を導くことはできるか？」

そこ、重要ですよね。

私しかできないのなら、いつまでたっても私に負担がかかりまくりですから。

ですが残念なことに、仮に闘気覚醒しても、数年は基礎を学ばなくてはなりません。

実戦経験を経て免許皆伝レベルまで鍛えあげられて、初めて『闘気導引法』を習得できます。

私はほら、異世界お約束の『修練の間』で、リアルタイム一か月間、じっくりと特訓しましたから。

その中で魔術と闘気と錬金術を死ぬほど学びましたからね。

リアルタイムでの一日が、修練の間の一年です。

つまり、リアルタイム換算で三十年、私は師匠と共に死にそうなほどの特訓を行ったのですよ。

本当に、あの時ほど師匠を殴り倒したいと思ったことはありません。

歳をとらなかったのは奇跡ですよ。

「無理ですね、今のところ私しかできません。未熟者が闘気導引法を使用したら、十中八九、相手は即死します」

――ゴクッ
高千穂1佐が息を呑んでいます。

まあ、そうなりますよね。

「わかった。では、現時点で闘気訓練は第1空挺団魔導編隊の隊員のみとする。闘気訓練を続行してくれ。異世界対策委員会からの苦情が届いているとかで、幕僚も頭を抱えているらしいからな」

「私を無理やりにでも、作戦に参加させろということですか？」

「ダンジョンを放置しておくことはすなわち、国民の生命が危険に及ぶ可能性がある。一刻も早くダンジョンを支配下に置くべきだ……とね」

なるほど、自衛隊として正当な出動理由を付けるということですか。

「では、私が単独でとっととダンジョンを制覇して、ダンジョンコアを破壊しましょう。それなら安全ですよねって報告していただけますか？」

「単独って、そんなことができるのか？」

「そうですねぇ。私とヨハンナさんの二人なら、特に難しくはないかもしれません。そもそも、支配権の書き換えって簡単に言いますけど、いったい誰に書き換えるつもりでしょうか。魔術素養のない人物に書き換えたら、ダンジョン維持のために生命力まで吸収されてリッチになってしまいますよ？」

そう説明すると、高千穂1佐も腕を組んで考えている。

「つまり現時点では、事実上如月3曹しか支配権を得ることができないということか」

「はい。それとですね、あのダンジョンには魔族が関与しています。つまり魔族のものです。そこを武力で制圧し、日本のものとするおつもりですかと質問を戻してもらってよろしいですか？」

「魔族の関与か……」

「はい。つまりあのダンジョンは魔族の所有物であり、日本のものではありません。そこに対して自衛隊による武力介入を行うのは、憲法違反にあたるのではありませんか？私がダンジョンの入り口に多重結界を施し、ダンジョンからモンスターが出てこないようにすることはやぶさかではありません。それは自衛隊としての正式な任務ですから」

それにですね。

ダンジョンの出現地点が日本の領土であるというだけの理由でダンジョン制圧を行い、ダンジョン内に侵攻して知的生命体を攻撃するというのは問題があるのではないでしょうか。

まずは、お偉いさんの得意技であるダンジョンマスターとの『話し合いによる外交』を行えばいいだけ。

ちなみにダンジョンそのものが『日本の領土を侵略する存在』であるというのなら、私たち自衛隊は空洞の外で防衛戦闘を行うだけです。

これが、専守防衛を旨として国民を守る自衛隊の、あるべき姿です。

そう説明すると、高千穂1佐もウンウンと嬉しそうに頷いています。

「そうだね、如月3曹の言う通りだ。もしも我々にこれ以上ダンジョンに関与させようというのなら、憲法改正まで行う必要があるからね。侵略のための武力は持ち得るべきではない……その通りだよ」

「はい。ちなみに戦うための力でしたら、最速一週間もあれば整います……けれど」

背後をちらっと見ると、ふらふらと立ち上がる隊員たちの姿がありますよ。うん、闘気が体表面から抜け始めているようですから、それを体内に留められるようにしないとなりませんね。

ということで、立ち上がった隊員の腹部に再度掌底を一発。

先ほどの闘気導引法のような『優しい』闘気ではなく、今度は体内を循環させるための荒ぶる闘気を叩き込みましたよ。

「おまっ、如月っ、ちょっと待ってウゲェエエエエ」

ヒットする寸前のスプラッシュを飛びすさってよけると、次の隊員の元にゆっくりと近寄っていきます。

ええ、きっと彼らには私が悪魔のように見えていることでしょう。

ですがこれも訓練。

私が第1空挺団の入隊時に訓練を受けたときも、先輩である皆さんはこうおっしゃいました。

これは君を一人前にするための、愛の鞭だと。

「如月3曹より、愛の鞭、いかせていただきます‼」

「待てっ、貴様、訓練の恨みをここで晴らすつもりか」

「いえいえ先輩、これもあなたが立派な闘気使いになるために必要なことです。私も心を悪魔にして、全力で行かせていただきます。そーれいっ‼」

1佐殿も闘気訓練をしていきませんか‼

あれ、高千穂1佐、どこにいきましたか？

さて、今日はきっと眠れないでしょう。

全力で闘気を叩き込むと、先輩はその場でしゃがみこみました。

――バジィィィッ

○○○○○

第二次新宿大迷宮攻略作戦が停止したまま、一週間が経過しました。

私は週に一度、ダンジョン入り口およびそこから百メートル先の十字路の二か所に結界壁を設置する作業のため、ダンジョンを訪れています。

大空洞を降下していくと、途中の壁面にある都営地下鉄新宿線のホームに設置されているバリケードの隙間から、こちらを覗こうとしている人たちの姿も見えています。

大空洞が発見され、第一次新宿大迷宮攻略作戦が始まったときは、あちこちのバリケードからカメラやスマートフォンを差し出して撮影していた人々や報道関係者も大勢いましたけれど、現在はそういうポイントはほとんど封鎖されてしまいました。

最近は、作業用の隙間から覗く人がいる程度です。

本当はそれも禁止されているのですけれどね。

「まあ、危険であることがわかったようでなによりで……って、へ？」

縦穴からダンジョンへと続く場所は、重力の方向が下から横に九十度変換されています。

それを知らない人がダンジョンに入った場合、最悪天井部分から床に落下するのですが、今、まさにその床にうずくまっている人物を発見しました。

「空挺ハニーよりベース・ワン、ダンジョン入り口付近にて侵入したらしき民間人を発見。見学その他で侵入を許可したという報告は届いていますか?」

すぐさま無線で本営に連絡。

ベース・ワンは魔導編隊が用いる市ヶ谷駐屯地、本営のコードです。

この呼び方をしているという時点で、通信相手が魔導編隊であることが分かるようにコードを変更しています。

『こちらベース・ワン。現在、新宿大迷宮攻略への侵入許可は如月3曹および魔導編隊以外には出ていない。可能ならば身柄を拘束してほしい』

「りょ。目視ですが負傷している可能性があります。衛生救護員を空洞外付近に待機させてください」

『ベース・ワンより空挺ハニーへ。魔法薬による応急手当は可能か?』

「空挺ハニーよりベース・ワン。実費を取りますよ?」

『ベース・ワンより空挺ハニー、速やかに応急手当を願う。急ぎ降下部隊を送るので、そちらに引き渡すよう』

はいはい。

魔法薬だって、ただじゃないですからね。

そもそも一番貴重な霊薬エリクサーだって、残り十本を切っている状態なのですから。

新しく作り直すにしても、世界樹が存在しないので無理なのです。

まあ、ドラゴンの生き胆でも代用可能ですけれど、この新宿迷宮に生息しているとは思えませんし。

——ゾクッ
「あ……いやなフラグ立てたかも……」

うん、ないない、そんなことはありませんよ、スティーブじゃあるまいし。

そんなことを呟きつつ、ダンジョン内部に突入。

すぐさま魔法の箒の姿勢を九十度回転して、ゆっくりと床面に着地します。

「アクティブセンサー発動……って、嘘でしょ?」

——ピピッピピッピピッピピッ
現在地点から百五十メートル奥、無数の反応があります。

ちょうど十字路に設置されている結界壁の向こう側ということは、無断侵入者が勝手に結界壁の向こうに出ていったという事でしょうか。

そしてゴブリンあるいはダークコボルトと接触、襲撃を受けていると考えられます。

そしてここに倒れている怪我人の服装は、どう見ても民間人です。

「鑑定っっ……よし、大腿部と鎖骨の骨折だけ、すぐには死なないからあとまわし。トリアージ黄色というところで、最優先はあっち‼」

アイテムボックスから魔法薬を取り出し、倒れている人の頭にぶっかけます。

これでも効果は十分に出るので、私は魔法の箒を右手に持ち、ぶら下がるように飛行開始。

速度を上げて結界壁の外、ターゲットエリアまで到着すると……民間人三人が、ゴブリンに襲撃されてフルボッコ状態。

特に一人の男性は顔が紫色にはれ上がり、腕が潰されているようです。

残り二人が今にも殺されそうになっていますから、まずは救出第一ということで。

「七織の魔導師が誓願します。我が手の前に二織の白雲を遣わせたまえ……我はその代償に、魔力四百五十を献上します」

――シュウウウウウ
左手をゴブリンたちに向けて翳《かざ》します。

すると奴らの頭上に白い雲が発生し、眠りの風を注ぎ始めました。

それまで興奮していたゴブリンたちも一瞬で意識を失い、その場に武器を落として床に崩れるように倒れ、眠りにつきましたよ。

「ふむふむ。魔力四百五十で瞬間熟睡しましたか。まあ、範囲が広いからこれぐらいは必要ですよねぇ……と」

眠りの雲の影響で、倒れている三人もそのまま眠りについています。

それなら今がチャンス、ゆっくりと床に着地してからアイテムボックスより魔法の絨毯を取り出して。

「七織の魔導師が誓願します。彼らの元に浮遊の円盤を遣わせたまえ……我はその代償に、魔力二百を献上します」

——フワッ

倒れている三人の真下に、浮遊の円盤を召喚します。

この上に乗せて絨毯の上まで移動させてから、入り口近くに倒れていた彼の元まで戻りましょう。

「さて、彼らを絨毯の上に……って、あれ？ ひょっとして重いの？ 嘘でしょ？」

発動に必要な魔力は、対象一キログラムあたり一。つまり今の発動で、最大二百キロまで持ちあがるはずだけれど……さらに魔力を五十ほど注ぎ込んで、浮遊の円盤はようやく浮かび上がりました。

この魔法の持続時間はあまり長くないので、急いで浮かんでいる絨毯の上に乗せて三人の鑑定を開始。

一人は瀕死なので、魔法薬を取り出してぶっかけて応急手当完了。

残り二人については、地上まで戻る時間程度は問題がなさそうなので、このまま入り口付近まで移動を開始します。

ちょうどチヌークが降下してきたので、要救助者の回収および手当ては魔導編隊の仲間にお任せすることにしましょう。

そのままラペリング降下してくる同僚たちの誘導を行うと、さっそく駆けつけた隊員に事情を説明。

「魔導編隊の如月３曹です。彼らをよろしくお願いします」

「了解しました！」

ヘリで待機していた衛生科隊員に彼らを任せると、再び魔法の箒を取り出して回廊の中へと移動。ゴブリンがいた付近の結界壁を書き換えてこないと、あと半日ほどで効果時間が切れてしまい、結界壁が消滅してしまいます。

「……しっかし、予想外にいい眠りについているなぁ」

結界壁付近のゴブリンたちの元に到着しましたが、未だゴブリンは眠りについたまま。

「うーん。放置しておいても害でしかないからなぁ。ということなので、悪く思わないでね……七織の魔導師が誓願します。我が手に風の刃を貸し与え給え……我はその代償に、魔力百二十を献上します。ウインドスラッシュ！」

右手に魔力を集め、風の刃を作り出して眠っているゴブリンの首を一斉に斬り飛ばします。

そののち死体は放置したまま、周辺をアクティブセンサーで走査。

「……奥に二人？ え、まだ残っていたの？」

これは失態です。

急いで箒片手に飛行を開始しますと、どうやらダンジョン内部の魔素が急激に上がっているようで。

私の魔力による捜査範囲が、急速に狭められていたのに気が付きました。

そして曲がり角を曲がった先で、一体の大型ゴブリンが人間の上に覆いかぶさって……って、やばい‼女性の被害者だ‼

「七織の魔導師が願う、炎の槍っっっ」

簡易詠唱で手の中に燃え盛る槍を生み出し、それをゴブリンの頭めがけて放ちます。

すると槍は一瞬で頭部を貫き、地面に突き刺さりました。

――シュウウウウウ
そして体から、一気に魔力が抜けていきます。

時間がないとき、長々と詠唱できない時にはこうやって簡易詠唱を使うのですが、持っていかれる魔力は通常の三倍。しかも高速詠唱によって失われた魔力は回復するのに時間がかかるため、普段は通常詠唱で押さえていたのですが。

さすがにゴブリンの繁殖だけは阻止しないとだめ、無理。

最悪、私が魔術詠唱している間に受胎してしまうほどの速度で増殖するので、邪妖精族《ゴブリン》の生殖行為はシャレになりません。

「大丈夫ですか！」

モロ尻をむき出しにしているゴブリンの死体を急いで蹴り飛ばし、倒れている女性を確認。

着衣は力任せにひん剥かれ、体中がヌラヌラと舐めまわされたかのように粘液塗れ状態。

そして懸念事項を確認、よし、入っていない、挿れられていない、ギリギリ先っちょだけ、セフセフ、危なかったわぁ。

こいつらに孕まされでもしたら、その時点で人生ゲームオーバーですからね。

生まれてくる子供に腹の中から食い破られるか、運よく普通に出産してもその数分後には生まれたばかりの邪妖精が母親を孕ませるために襲いかかってきますからね。

私も初めてのゴブリン討伐の時に被害者の女性を見てからは、こいつら相手には手加減は無用だっていうことを知りましたから。

「うぐっ……うっ……ううっ……」

女性は意識が朦朧としてるようで。

ああ、近くに匂い袋が落ちていました。これで正気を失ったのですか。

邪妖精の媚香、通称『匂い袋』は、いかなる女性も瞬く間に発情させるっていう、とんでもない代物ですからね。

その副作用で正気を失ったり気絶したりするそうなので、本当にたちが悪いったらありゃしない。

幸いなことに、私は身に付けている装飾品で『状態異常耐性』の効果を得ていますので、ダイレクトに鼻先で嗅がない限りは全く問題ありません。

ええ、この匂い袋に対して完全耐性を持っているのは男性だけですからね。

——シュンッ
アイテムボックスから杖を取り出し、それで匂い袋をツンツンとつつきます。

それでアイテムボックスの中にしまい込んでから、女性を魔法の絨毯へ……あれ。

「あ～、魔法の絨毯は入り口に置いてきたままかぁ。仕方ないか」

アイテムボックスから細身のロープを取り出し、彼女を箒の後ろに括りつけておきます。

ちょっと体勢がよろしくないですが、外傷はなく意識もありませんので、このまま箒を浮かべて出口に向かうことにしましょう。

とにかく急がないと、発情した女性が放つ匂いは、ゴブリンたちを引き寄せてしまいますから。

…………

……

…

――大空洞・入り口付近

「ということで、要救助者一名、追加で確保しました。よろしくお願いします」

助け出した女性にローブを着せかけて、ヘリに乗ってもらいます。

あとは地上で待機している衛生救護員にお任せします。

そして私は魔法の絨毯を回収後、市ヶ谷駐屯地に帰還。

帰り道にダンジョン内部の結界壁も作り直したので、また一週間は安全を確保することができます。

道中で転がっていたハンディカメラや被害者の荷物もまとめて回収し、待機していた自衛隊員たちに手渡してあります。ダンジョン内に無断侵入した人たちは、あとでしっかりと怒られてください。

そして一連の報告書を仕上げて、事務局に無事提出。

ようやく夕ご飯にありつけるぞと、食堂に移動。

私にとっては、ダンジョンのケアもただの仕事。

普段の訓練の延長程度でしかありませんからね。

「ふぉぉぉぉぉ、今日は蒸しサーモンのタルタルソースじゃないですか‼」

「お、如月3曹も帰って来たか。相変わらず、食事時間がまばらで大変だな」

「はい、でも慣れましたね……ありがとうございます」

糧食班の方が用意してくれた夕食を堪能し、隊舎内のコンビニでジュースとおやつを購入。

あとはまあ、自由時間か〜ら〜の消灯ですので、まったりと過ごすことができますが。

私は3曹ということ、空挺団所属ということ、そして異邦人《フォーリナー》ということで特別待遇です。

なんと三人で使う個室を、二人で使っています……って、曹は二人部屋なので、ちょっとだけ広くて贅沢って感じです。

部屋の相方は、陸上自衛隊北部方面隊札幌駐屯地では、田中2曹。

ここ習志野駐屯地では、一ノ瀬2曹と相部屋です。

まあ、普段は談話室などで他の女性隊員と交流していますけれど。

「如月3曹‼事務局で田沢1佐が呼んでいるわよ」

「は、はいっ‼」

突然、隊舎で呼び出しがかかりました。

田沢1佐ということは、結界構築処理班の責任者です。

つまり、私の仕事の上司の一人です。

「ははっ、また何かやらかしたの？」

「がんばってね～」

同期の女性隊員たちはこんな感じで手を振っています。

ぐぬぬ、この隊舎は女性曹士、つまり階級が曹と士である隊員が入っています。

そして規律としては、階級差は絶対。

今私に手を振ってくれているのは2曹と1曹ですので頭を下げるしかありません。

まあ、談話室を普段から使っているのは曹の隊員ぐらいですからね。

ということで隊舎を出て、事務局へ。

普段なら報告書に関する質問でも、翌日付で質問とかが届くはずですが。

「如月3曹、到着しました」

「ああ、入り給え」

速やかに部屋に入り、机の前に立ちます。

すると田沢1佐が私の書いた報告書を机の上に出して。

「この報告書にあった、邪妖精の媚香だが、現物の回収は行ったのかな？」

「いえ、危険物と判断したので現場にて処分しました」

「そうか、いや、それでいい、助かる」

「はぁ……」

てっきり、私が回収してきたものを提出しろとか言ってくるのかと思ったのですけれど。

そもそもアイテムボックスから取り出すだけでも危険ですので、回収せずに破壊したことにしましたよ。あのまま置きっぱなしにしたとしても、次に出現するゴブリンが回収して使う可能性がありますからね。

「いや、この報告書を見た上層部が興味を持ったらしくてな。如月3曹が回収していたのなら、サンプルとして提出させるようにという話だったのだよ。これは、どのゴブリンも保有しているのか？」

「いえ、ゴブリン種でもリーダー格の者、つまり上位ゴブリン種が作り出すものです。そして今回の救出時には上位ゴブリンの姿は確認していません」

「つまり、まだ内部に上位種が存在しているということか。女性隊員は作戦から外す必要があるということで、間違いはないね？」

ふむふむ。

さすがは『仏の田沢』と呼ばれているだけのことはあります。

短い髪が螺髪に見えるとか、眉間のほくろが白毫に見えるとか、そういう意味ではありませんよ。

田沢1佐の八割はやさしさでできていますから。

「はい。可能ならば外した方が良いかと思います。スタンピードが発生した際などには、一番初めに狙われるのは女性ですので」

「如月3曹は、何か対策を行っているのか？」

「はい。魔法でちょっと色々と……」

恥ずかしくて言えませんが、まあ、あっちの世界ではそういうことに対しての対策用魔法というのがあるのですよ、大事なことなので二度言いますよ、言わせないでください恥ずかしいから。

「それは失礼した。では、この件も踏まえて報告書に補足しておく。遅くに呼び出してすまなかったね」

「いえ、懸念事項を払拭するのも仕事ですので。では失礼します」

敬礼してから隊舎へ帰還。

そして今日の出来事は、すでにニュースでも流れていました。

某アングラ系ユーチューバー四人組が、地下鉄新宿駅構内のとある場所から新宿大迷宮に侵入。

民間人では初の生中継を行うとかいう企画をやらかしたそうで。

この四人組は迷惑系ユーチューバーとしても有名で、何度もこういうことをやらかしては警察に捕まったり、通報されたりを繰り返しているそうです。

厄介なのはこのメンバーのうち二人の親が、とある議員と懇意だそうで、すぐに釈放されているそうです。

でも、残念なことに事件そのもののもみ消しはできそうもなく、堂々とニュースに流れていますよ、実名と顔写真付きで。

犯罪には違いがありませんし、同じことをしでかす輩を牽制するためでしょうね。

うん、ザマァです。

「はぁ……これはまた、見事にやらかしましたなぁ」

「これって如月3曹の救助した阿呆だよね？ Ｔｗｉｔｔｅｒでも大炎上しているらしいわよ」

「本当ですか……まあ、私には関係ありませんけれどね。ただ、こんな馬鹿なことは二度とやって欲しくないっていうのが正直な話です」

「だよね〜。いくら人気が出るからって、犯罪を起こすとか自分の命の危険を顧みないなんて、馬鹿のすることだよ」

「そうそう。その都度、緊急事態で呼び出される私たちのことも、少しは考えて欲しいよね」

まったくです。

そんなことをするぐらいなら、もっと役立つ情報を発信すればいいのです。

談話室でテレビを見ていた1曹と2曹の愚痴については、私も同感です。

そんなこんなで消灯時間。

テレビを消して片づけを終え、私は自室へ戻って熟睡タイム。

明日もまた、いつものような一日が始まるんだろうなぁ。

はぁ、この任務が終わったら、思いっきり空を飛びたいなぁ。

魔王襲来～Ｔｈｉｒｄ　Ｍｉｓｓｉｏｎ～

さて、無事に救助された、迷惑系ユーチューバーたちですが。

国が定めた侵入禁止区画に無断で侵入したことにより、彼らのＹｏｕＴｕｂｅアカウントは閉鎖。

しかし、彼らは新しいアカウントを取得してすぐに活動を再開しました。

もっとも、今回の中継映像がかなりショッキングだったため、以前ほどの人気は取り戻してはいないようです。

問題なのは、今回彼らが侵入して撮影していた映像が、大きな波紋を引き起こしてしまったのですよ。

新宿迷宮にゴブリンなどのモンスターが徘徊していることを知らない人々にとっては、侵入した彼らが襲撃を受けた生中継の映像はかなりショッキングだったようで。

しかも偶然、泣き叫ぶ女性が迷宮奥地へと連れ去られていく映像まで残っていたことで、新宿大迷宮そのものについて危険であるという意見が増え始めています。

世論は、『可能ならば新宿大迷宮を破壊して欲しい』という意見と『国家でしっかりと管理し、今回のような事件が起こらないようにしてほしい』という意見に分かれていました。

また、一部の民間人からは『迷宮内部に入るための許可が欲しい』という正気とは思えない意見が出回り、事態は解決どころか混迷を極め始めているようですが。

私は知りませんよ。

――市ヶ谷駐屯地

「へぇ。こんなことになっているのですか」

市ヶ谷駐屯地・仮設魔導編隊詰所内の事務室に出向いた私は、のんびりと今回の件についての報告書を確認していました。

現在、国会でも新宿迷宮を今後どう扱うかについて熱い議論が続けられているそうで、それが決着するまでは新宿迷宮は監視体制の強化、及び入り口の結界封印を継続するということで話はまとまっています。

そのため、私たち魔導編隊は習志野駐屯地よりも新宿に近く、緊急時対応も可能であるということから、市ヶ谷駐屯地を根拠地にしているのです。

国会では、どうしても迷宮資源を手に入れたいという派閥と、安全のために迷宮は破壊するべきであるという派閥で意見が分かれているようでして。

そんな中、つい数日前から『冒険者ギルドのご案内』という記事をインターネットで見かけるようになりました。

これは匿名の出資者が設立した『冒険者ギルド』という組織であり、『新宿迷宮に調査に向かい一攫千金を得よう』という触れ込みで広がりつつあるそうです。

現在の新宿迷宮の管理は防衛省が行っていますが、そこに申請して民間調査団という名目で内部を調べたいということらしいのです……そもそも、そんな危険なことは許諾がおりませんとも、ええ。

それにですよ、『空挺ハニーこと、如月3曹による魔術講習について』などという、でっちあげ記事まで見かけるようになりましたからね。

「ああ、冒険者ギルドか。なんでも国会の一部党派はギルドを公的に認め、民間にも迷宮を調査する機会を与えるべきだって息巻いているらしいが……『死にたいのか？』ってことで申請は却下されているらしい。それでもあの手この手で申請をしてくるらしいから、埒が明かないって防衛省の担当事務官が文句たらたらだったらしいぞ」

「なるほど……何がしたいのかわかりませんね」

魔導編隊の隊長である有働3佐が笑いながら説明してくれますが、一般人が迷宮探索をするなんて、どう考えても集団的自殺志願にしか思えません。

「まあ、そうだろうなぁ。だが、冒険者ギルドの連中は、民間人でも魔術師適性検査を受ける権利がある、とか言い出してだね。それで防衛大臣も頭を抱えているんだよ。一度、検査を受けさせて現実を突きつけるのもありじゃないかって……しかも、冒険者ギルドという組織の出資者の中には、異世界対策委員会のメンバーも絡んでいるらしい」

「とうとう民間まで巻き込んで、搦め手を使ってきましたか」

あきれてものが言えないとは、まさにこのこと。

防衛省管轄下では魔法使い育成が遅々として進まないため、民間組織として私に協力させようっていう腹積もりなのかもしれません。

そんな皮算用は却下、この一言ですよ。

「そういうことだ。民間協力者の中から魔法使い適性者を探そうっていう魂胆だろうな」

「私見ですが、恐らくは適性者はいないと思います。魔術師適性……もとい魔力保持については、生まれつきのものでして、あとから訓練して活性化できるほど優しくはないのですよ……まあ、裏技はありますけれど、あれは危険ですからねぇ」

ええ。

私が対象者の両手に触れて、体内の魔力回路を活性化させることはできますよ。

あっちの世界でも『魔力門解放』と呼んでいる手段で、ぎりぎり魔力適性を持っている人が行うことなんですけれど。

ほら、私の場合は魔力総量が多すぎるため、迂闊に行うと……体がバーンってはじけ飛びます。

体内にある細い魔力経絡に、わたしの魔力なんて注いだらもう。

制御はできますけれど、相手の魔力経絡を逐次確認しつつなんていう『面倒臭い』ことなんて、やりたくありませんからね。

「その裏技についてだが、試したことはあるのかい？」

「いえ、こっちの世界ではまだですし、やりたくないですね。これは任務とかそういうレベルではなくてですね……本当に死にますよ、確実に」

「具体的には？」

「そうですね……体中に流れている直径一ミリ程度の細いゴムの管の中に、高圧洗浄機で水を一気に押し込む感じです。ゴム管が膨れて馴染むよりも先に破裂しますよね？」

この説明で納得したのか、有働3佐はうなずいています。

「まあ、このことも報告していいかな？　上層部は一刻も早く、日本人だけで正式な魔導編隊を組みたいらしいから」

「それは構いません。恐らくは実戦に耐えられるほどの魔力適性を身に付ける前に、私が寿命で死ぬレベルで時間がかかりますが」

「まあ、上は報告書を出せといっているから、それに応えるだけだよ」

それならまあ、そういうことで。

私としても、今しばらくは結界維持業務と訓練だけでノンビリとしたいところですから。


………

……

…


――ガギィイイイイイイイイイイイイイイイン
一か月後の深夜。

新宿一帯に、ガラスを切り裂くような高音が響き渡ります。

音の発生源は新宿三丁目付近、すなわち新宿迷宮内部。

この異様な怪音の報告を受けて、急遽、魔導編隊は緊急出動したのですが。

「如月3曹、この異音に心当たりはあるか?」

私たちが現場に到着した直後、定期的に響き渡るこの音について有働3佐が尋ねてきましたが。

これって、何者かが魔術結界に対して物理的攻撃を行っているときの音なんですよねぇ。

それも鋭利な刃物、もしくは爪や牙といったもので の攻撃です。

音の大きさから推測するに、ゴブリンやコボルト程度のやわな攻撃ではないことも伺い知ることができますが。

「まあ、何者かが結界に対して攻撃を繰り返しているっていうところですね。それも、雑魚クラスではなく階層ボスか、それに匹敵するクラスだと推論します」

「つまり?」

「ダンジョンスタンピードが発生する予兆であります！」

ビシッと敬礼して報告する私。

この新宿迷宮が発生してから定期的におこなっているダンジョン講習、その中でもダンジョンスタンピードについては幾度となく説明を繰り返してきました。

それが今回、発生しつつある可能性があるということです。

「詳しい調査を頼みたいが、いけるか？」

「私単独でしたら。ただし、迷宮入り口に張り巡らせている私の結界の手前までです」

「構わない、如月３曹に迷宮入り口の調査を命じる！」

ということで、私はすぐさま魔法の箒を取り出すと、防御魔術を発動して空挺ハニー状態になります。

そしてゆっくりと新宿空洞の上空へと移動してから、降下を開始。

光球《ライト》の魔術を発動して、周囲を確認しつつ降りていきますが……。

「……いやぁ、想定外ですよ、帰りたいですよ、帰っていいですかねぇ」

――ガギィインガギィイイィン
迷宮入り口前に張り巡らされた結界の向こうには、真っ赤な鱗に覆われた、体長二十メートル前後のドラゴンがいました。

爪で結界を引っかいたり、前腕部や肘から生えた突起物から稲妻を発して結界を攻撃したり。

とにかくまあ、想定外ということで間違いはありません。

「空挺ハニーより仮設本部。迷宮入り口・結界付近にてスモールレッドドラゴンの存在を確認」

『こちら新宿迷宮前仮設本部。如月３曹自身の安全を確保した上で、可能な限りの情報の収集をお願いしたい。それらを参考に、今後の対策を検討する』

「了解」

さて。

アイテムボックスからハンディカメラを取り出して。

迷宮正面に回り込んで、録画を開始。

同時に、結界の強度測定も忘れずに……と、これはやばいかもしれません。

私の施した結界強度と、スモールレッドドラゴンの攻撃強度は互角か、ややドラゴン側が上。

ここまでのドラゴンによる攻撃で、すでに結界の耐久性能は半減していますね。

「結界の重ね掛けは不可能だから……少し手前に結界をもう一層ほど施す必要がありますか……」

軽く確認しても、結界はあと八時間程度なら耐えられる。

逆に考えると、あと八時間でスモールレッドドラゴンは野に放たれます。

それまでには結論は出るだろうということで、十分ほど撮影を行った後、一旦は新宿迷宮仮設本部へと帰還。

待機していた有働3佐にカメラを手渡すと、その場で口頭での報告を行います。

それはもう、事細かにレッドドラゴンの凶暴性など全て。

「なるほど……如月3曹の施す結界だと、どれぐらいの時間は耐えられる?」

「一度の結界術式で十二時間。強度を上げることは可能ですが、その場合は私の魔力の回復が追い付かなくなります。現在の結界強度でしたら、もって八時間と推論できますが」

まあ、完全防御結界に切り替えても、効果時間は十二時間と変化なし。

それでも連続使用を続けていると、私の体内魔力量が枯渇し、やがて結界を施すことができなくなりますが。

「了解。如月3曹は、別命あるまで指定の場所にて待機しているように」

「はっ‼」

82式指揮通信車と併設されている仮設本部を後にして、私は待機用に設置されたテントに向かいます。

ここで待機しつつ、魔力の流れをゆっくりと確認。

ダンジョンスタンピートが発生した理由について、もう少し突っ込んだ調査をしたいところですから。

「七織の魔導師が誓願します。我が右目に仮初めの身体を与え給え……我はその代償に、魔力三百六十を献上します。マジック・アイ発動」

――ヒユゥウゥッ

私が詠唱を行った直後。目の前にピンポン玉大の眼球が浮かび上がります。

これは魔術によって作られた眼であり、この眼が見た映像は私の右目に連動しているため、離れた場所でも映像として見ることができます。

まあ、カメラ搭載のドローンのようなものと考えてください。

「それじゃあ……」

ゆっくりとマジック・アイを操り、新宿空洞を降下させて結界の手前まで移動。

私のマジック・アイは、結界と同じ魔力波長で形成されているため、結界を透過して迷宮内部へと飛んでいくことが可能です。

そのままドラゴンに気付かれないようにこっそりと、壁際ギリギリを通り抜けて迷宮の奥へ。

床面に残っているドラゴンの足跡を頼りに、奥へと進んでいきます。

そして二十分ほど進んだ場所、少し開けた大ホールのような空間に到着したとき、私は目を疑ってしまいました。

「……え?」

直径二十メートルの巨大な魔法陣。

そしてその近くに立つ、二足歩行のサモエド。

サモエド型の獣人ではなく、二本足で立っているサモエド犬ですよ。

しかも器用に魔術師の杖を片手に持ち、なにやら独り言をつぶやいているようですが。

「音は聞こえないけれど、口の動きで……ってサモエドの口の動きなんて知りませんってば‼」

そう一人ノリ突っ込みをしてから、こっそりと仮称・サモエドさんを監視します。

同時に魔法陣の構造を確認しましたが、これはどうやら、ドラゴン召喚の高度魔法陣であることが判明。つまり、今起きているのはいわゆるダンジョンスタンピードではなく、このサモエドが単独でドラゴンを召喚していたことが確認できましたが。

「この術式の座標位置……多分、このダンジョンの下層から強制召喚したと思うけれどなぁ……」

マジック・アイでは詳しい座標位置など測量できません。

ただ、刻まれている立体座標と私がいるテントの座標を比較すると、恐らくはそういうことだろうという推測は立てることができます。

そしてサモエドが再び杖を振るうと、魔法陣から術式が浮かび上がり高速で回転を開始。

やがて光が収まると、魔法陣の中には黒いドラゴンが横たわっています。

「……ドラゴンサモナー？　そうでないと、単独でいくつものドラゴンを召喚することなんてできないけれど……私が知っているドラゴンサモナーって、魔王しか存在しないんだけれどなぁ」

ええ、私たちが向こうの世界で討伐した魔王のことです。

彼は魔族の頂点であり暗黒魔術と召喚魔術を自在に操ることができたそうです。

実際、最終決戦では、彼が召喚した無数のドラゴンに苦戦を強いられましたから。

――パチクリッ
そして一瞬、ええほんの一瞬だけ。

サモエドさんと魔王の姿が重なりましたが。

「え……ええっと……いやいや、魔王は私たちが討伐しましたから、私たちの世界に来るなんていうことは……って、まさかとは思うけれど、魔王が異世界転生したっていうの？　それもサモエドの姿に？」

これはあくまでも仮説。

そして私の目の前では、三体目のドラゴンを召喚しようとして失敗、膝から崩れるように床に倒れると、腹天状態でゼイゼイと息を切らしています。

うん、魔力枯渇現象ですよねぇ。

「でも、もしもあれが魔王だとすると……かなりやばくて危険ですよ。そもそもドラゴンが一体、追加されましたからねぇ……ドラゴン二頭で結界を攻撃されようものなら……」

――ゴクッ
おそらくは、二、三撃で結界は破壊されるでしょうから。

――コツン……コツン

あ、サモエドさん以外にも、まだ何人かいるようです。

膝をついて倒れているサモエドさんの近くに姿を現したのは、身長八十センチ程度の、二足歩行するドワーフラビットと、同じく体高一メートルほどの、三本足の鴉。

そして最後の一体は、ローブ姿に杖を構えているスケルトン……素顔は見えませんけれど、これってリッチじゃないですか？　それも多分、リッチロードですよ、いやだ、もう、最悪。

あのリッチロードが魔王に違いないじゃないですか。

なんでサモエドの姿が魔王と重なったように感じたのでしょうか……まあ、今はそんなことはいいです。いずれにしても、ここに魔族らしき存在がいたことは事実。

そしてこの新宿地下迷宮は魔族が作ったもの。

ということは、こいつらは魔族もしくはその眷属ということで確定ですか。

つまり、あのリッチロードが魔族の首領のような存在で、サモエドとドワーフラビットと鴉は四天王？　その割には一人足りませんよね。

そんなことを考えていますと。

――ギン！

私のマジック・アイとリッチロードの視線がぶつかります。

そして何かを叫んだかと思うと、杖を振りかざして詠唱を開始しました。

「あ、あの杖の動きと魔力の揺らぎは……って、嘘でしょう！」

――スウッ
リッチロードの真横に、二頭の神獣・黒狼が召喚されました。

そしていきなりマジック・アイに向かってとびかかって来たかと思うと、一撃でマジック・アイをかみ砕きます。

「り、リンクの解除っ……痛っっっっっっっ」

黒狼にかみ砕かれた瞬間、私は嫌な予感がしてマジック・アイとのリンクを強制切断。

ですがタイミングが一瞬だけ遅れたらしく、マジック・アイとリンクしていた私の左目に衝撃が走ります。

「ぬあああ。痛い痛いぃぃぃぃぃぃぃぃっ」

激痛が眼球に響き、視神経を通って頭まで響きます。どうやら左目が傷ついて、出血しているようです
「ま、魔法薬ぅぅぅぅ」

アイテムボックスから魔法薬を取り出して、左目に勢いよくぶっかけます。

その瞬間、シュウシュウと音を立てながら、私の左目の怪我が塞がっていきます。

徐々に痛みも治まってきましたけれど、あの場にいた四頭には、私が彼らを監視していたことがバレましたよ。

しかも、ドラゴンサモナーまでいるなんて、想定もしていませんでしたからね。

「ほ、報告だぁぁぁぁぁぁ!!」

急いで仮設本部に向かい、事の次第を説明しなくてはなりません。

それも早急に、可及的かつ速やかに。

○○○○○

仮設本部にて一連の報告を終えたところ。

集まっている防衛省幹部の皆さんは、頭を抱えている状態です。

「以前、この新宿地下迷宮は魔族によって作られていたという報告があったが。まさかそれが、現実になるとは」

「しかも、そのドラゴンも、そのドラゴンサモナーとかいうやつもいるということは、本当に危険な状態なのだね、あの入り口で暴れているドラゴンサモナーとやらが召喚したもので間違いはないのだね?」

「……如月3曹に問うが。現在の自衛隊の兵装を用いてドラゴン種を攻撃した場合、討伐は可能かね?」

防衛省の幹部連は、慌てつつも現状の確認に必死。

そして近藤陸将補は、ドラゴンが倒せるかどうかを問いかけてきました。

これは大切なことです。

現代科学の粋を集めた兵器VS異世界最強の幻想種・ドラゴン。

ちなみにですが、ドラゴンの体表面にある鱗は魔力で覆われているため、魔法もしくはそれらを纏った武器でなくてはダメージを与えることはできません。

では、物理法則はどうか？

少なくとも毒は有効な手段として異世界でも使われていましたけれど、あの巨体を弱らせるほどの毒が、果たして現代世界に存在するのでしょうか。

それも、ピンポイントでドラゴンのみを弱らせる毒。

魔術付与を行った麻酔弾でも、あの鱗は貫通しない可能性が高いです。

口から毒を飲ませるには危険すぎるし、周辺に対する被害を考慮するとリスクの方が大きすぎる。

「おそらくは、不可能かと思われます」

「なんてことだ……だから我々は、一刻も早く新宿迷宮は破壊すべきだと提案していたのだ。だが、あのくそったれの野党共が、あーだこーだと理由を付けて反対しているから……」

「そうそう、来月にはアジア方面の諸国から迷宮の視察団まで派遣されてくるそうじゃないか。どこの誰が、迷宮内部を案内できるというのだね……」

はぁ。

そんな面倒くさい話にまで発展していたのですか。

「それよりも、如月3曹。魔王らしきものが存在していたというのは本当かね？」

習志野の近藤陸将補が、他の幹部たちの話を無視して問いかけてくれました。

私の見たもの、サモエドさんとドワーフラビットさん、鴉さん、そして魔王リッチロード。

最初はサモエドが魔王のように感じていたのですが、あのリッチロードの方が凶悪です。

だって、本来私のマジック・アイは魔術的に隠蔽されているので、視認不可能なのですから。

あいつの正体が新たな魔王であるなど考えたくもありませんが、可能性の一つとしては否定することはできません。

「はい。形状については、先程の報告通りです。リッチロードは異世界でも災害級に指定されるモンスターであり、最高位の魔術師であります。説明にあったドラゴンを召喚できるほどの魔力を持ったサモエドや正体不明のドワーフラビット、鴉の三頭は、魔王の側近もしくはそれに準ずる力を持った魔族であると思われます」

「では、その魔王とやらに会談を申し込んでみるというのはどうかね？」

「いえ、それは不可能です。そもそも不死者の王であるリッチロードが、我々定命の人間と話し合いに応じるとは思えません。魔族が迷宮内にドラゴン種を召喚しているという時点で無理だと進言します。相手は魔族、話し合いが通用する相手ではありません。確実に日本を滅ぼしに来ているに決まっています……」

――ガギガギガギガギィィィィィィン
再び結界を引き裂くような音が響く。

しかも、今度は二体分と思われるような複数の音。

これは予想外に侵攻が早いです。

「ひっ‼」

「き、如月3曹。あれをどうにかできないのかね？　君の実力なら討伐ぐらいできるのだろう？」

「う～ん……端的に説明しますと、不可能ではない、ということは進言します。ただ、同時に二体というのは難しく、一体を取り逃がす可能性も否定できません。その場合、最悪はこの新宿、いや東京都が焦土に包まれる可能性もあります。魔素の希薄な地球上では、ドラゴンブレスの威力も低下しているかとは思いますけれど。それでもMOAB（大規模爆風爆弾）ほどの火力はあるかもしれません」

問題なのは、魔素が大気に含まれていること。

そもそも地球の魔素なんて、今までは目にも見えず発見もされていない、何の使い道もない空想元素のようなもの。

それが、私が魔法という知識を齎したことで、大気成分に魔素が含まれていることが判明。

この魔素が魔法を行使する触媒作用があるという事実が、世界的に伝わったのですからね。

そしてドラゴンブレスは、魔素を燃料として拡散することがあります。

ゆえに、あっちの世界のように濃厚な魔素を含む大気では、爆発的な効果を発揮しています。

では、魔素の薄い地球ではそんなことはないと思いでしょうが。

一定濃度の細かい魔素を触媒とした、爆発的な大規模破壊効果はあっちの世界でも実証されています。

これすなわち、『魔素粉塵爆発』。

ゆえに、あっちの世界ほどの破壊力はないですが、危険であることに変わりはないということで。

想定される爆風半径はおおよそ一・五キロメートル。その範囲には毎日三百七十万人が乗り降りする新宿駅と周辺の繁華街はもちろん、東京都庁、明治神宮、新宿御苑なども含まれています。

たった一発のドラゴンブレスで、この東京都の、日本の機能は麻痺しかねません。

そう報告して、私はゆっくりと右目だけを閉じ、再度、マジック・アイを作製。

結界外まで誘導し、現在のドラゴンの状況を確認してみますが。

うん、二体のドラゴンの前で、サモエドが杖を振りかざしています。

結界破壊術式を唱えているのかも知れませんが、私の結界強度はそんな半端な術式では破壊できませんよ。

ああ、ドラゴンは別ですよ、あれは例外。

「それでは、如月3曹にドラゴン討伐の任務を命ずる」

「いえ、さすがに危険手当程度では割に合わないので、出撃拒否しても構いませんか？」

ここにきて、私はまさかの出撃拒否です。

すると幹部たちが真っ赤な顔で私を睨みつけていますが、それは当然。

だって、私たち自衛隊員は、その職務の遂行に当たっては上官の職務上の命令に忠実に従わなければなりませんから。

ただし、これにも例外措置がありまして。今回のケースについては『実行可能ではない』という部分が出撃拒否を行う正当な理由になりますので。

「自衛官というのは、国民の命を守るのが使命ではないのか？」

「そうですが、今回の件は生命の危機という観点から、割に合わないと進言します。討伐したドラゴンの素材を全て私が得ても構わないということでしたら、喜んで討伐に向かいますが」

こう告げている最中にも、外では結界を切りつけるような高音が鳴り響いています。

さて、どう判断しますか？

「いいでしょう。では、今回の討伐任務において、倒したドラゴン種の素材は如月3曹個人への報酬に割り当てます。ただし、研究用素材として若干の提出は求めますが、それは構いませんね？」

さすがは近藤陸将補。

空挺団が所属する習志野駐屯基地の基地司令だけあって、私が求めていることを理解していらっしゃいます。

「ちょっとお待ちください。異世界のドラゴンとなりますと、それこそ研究機関にとっては喉から手が出るほど欲しい希少素材です。それをポン、と、簡単に手渡していいのでしょうか？」

「命と引き換えになるほどの危険な任務ということなら、それも止むを得ないでしょう。ということで、第1空挺団・魔導編隊所属の如月3曹に、改めてドラゴン種の討伐任務を命じます」

――スチャッ
威勢よく敬礼をして、私はテントから飛び出します。

走りつつ魔法の箒を取り出し飛び乗ってから、アイテムボックスから魔力回復薬を取り出して一気に飲み干し、魔力を回復しておきます。

「ぷっは～、うん、これでもまだ全快じゃないのよねぇ」

完全回復まではちょっと物足りませんけれど、無いよりはマシ。

魔力回復薬って一度効果を発揮すると、三時間は効果を発揮できなくなりますから。

あとは、長年愛用していた『エルダースタッフ』を取り出して左手に構えると、そのまま高速で新宿空洞を急降下。

いっきに結界の手前まで到着すると、杖をドラゴンに向かってかざします。

「さあ、そこのドラゴンを操っているサモエドさん‼速やかにドラゴンたちを送還すれば命までは奪いません。ですがそれが聞き入れられなかった場合、空挺ハニーの名において全力で排除させていただきます！」

威勢よく啖呵を切ってみると、結界の中でサモエドさんがわなわなと震えています。

うん、日本語は通じているようですね。

『またか……またしても我の前に立つのか、大魔導師・キサラギ……空帝ハニーよ‼』

うん、何か吠えているようですが、私が所持している自動翻訳スキルで日本語に変換されて脳裏に届いてきましたよ。

　でも、私の名前を知っている？

　しかも、大魔導師ということだけでなく、空帝ハニーという呼び名まで……。

　ん？　私、【空挺】っていいましたよね？　でも、あいつは【空帝】って呼びましたよ？

　翻訳ミス？　いやいや、まさかでしょう？

　そういえば、サモエドさんの所持している杖って、『混沌の錫杖』ですよね？　魔王の持っていたやつ。

　それに首とか指にも、じゃらじゃらと悪趣味なデザインの装飾品を身に付けていますけれど、どれもこれも魔王城で見ましたよ。

　それも帝城謁見の間での、魔王との最終決戦で。

「あの、まさかとは思いますけれど、貴方は魔王アンドレス？」

　そう問いかけてから、こっそりと通信機のスイッチをいれます。

　マイクモードにして、こちらの音声を仮設本部に送るようにしました。

　まあ、多分ですが私の声と犬の鳴き声しか聞こえていないでしょうけれど。

『クックックッ……その通りだよ、如月くん。我が名は魔王アンドレス。貴様たちに殺され滅ぼされた存在だ。だが、残念なことに我はあの程度では死なない。来たる日が来るまで、精神体となって眠りについていたのだ‼　そして今、我はこの世界で新たな肉体を得て蘇ったのだ‼』

「な、なんですってぇぇぇぇぇ‼」

　まあ、スティーブたちも、その辺の予想はしていましたけれど。

　それでも蘇るのは少なくとも千年先の未来、地球に帰る私たちには関係ないからいいか、っていうことで追撃はやめて封印したのですからね。

　うん、もっと念入りに浄化でもしておけばよかったと、今では後悔しています。

「わ、私はてっきり、一緒にいたリッチロードが新たな魔王かと疑っていたのですが……」

『はっはっはっ。残念だな、貴様が見たリッチロードも、そしてドワーフラビットも、そしてあの鴉も四天王の新たな姿だよ……向こうの世界では苦汁を飲まされたが、その恨みも今日この瞬間、ここで全て晴らさせていただこうではないか』

や、やばいやばい、やばすぎます。

まさかの魔王と四天王が勢ぞろい……って、四天王が足りない？　あ、最後の一人って空帝でしたか。私が倒したので、空位のままなのですね。

いずれにしても、こっちの世界の魔素が薄いのが幸いしていましたよ、あっちと同じ濃度でしたら、今頃は結界壁も吹き飛ばされていましたよ。

なんてったって魔王ですから。

『それでは、まずは我が僕《しもべ》により、この日本を滅ぼすことにしよう。いくら地球の兵器が強力であろうとも、物理耐性を持つドラゴンにはかなうはずはないからな……ハ～ッハッハッハッ！』

「ふぅ。七織の魔導師が誓願して略して、破滅の閃光っっ‼」

──キィイイイイイイイイン

うん、高笑いしているところを申し訳ありません。

動揺しつつも、しっかりと攻撃用魔力の練り込みは行っていましたので。

まずは、雑魚《ざこ》いレッドドラゴンを始末させてもらいますね。

ということで、杖の先から『破壊の魔力』が収束したレーザーを放ちます。

私の保有魔力の半分近くを削って発動する、『破滅の閃光』。

レジスト不可能、精神体《アストラル》と現実体《プライムマテリアル》の二つを同時に破壊する究極魔術であり、魔王といえども無事ではすまないのですが……これって反射されると私がアウトなんですよね。だから、魔王相手には撃つことができないのですが、スモールドラゴンになら問答無用です。

「へ？」

それに私の魔力波長で練り上げた術式ですので、私が張り巡らせた結界は透過しますから……って。

──キィィィインッ

私が放った破滅の閃光。それはレッドドラゴンの頭部を一撃で破壊する予定でしたが。

『こ、これは破滅の閃光っ……どうにかしろっ』

『ええ、無駄なことですね……七織の魔導師が誓願、破滅の閃光っ‼』

――ドッゴォォォォォォォォォォォッ
まさか、レッドドラゴンの手前にリッチロードが姿を現すと、私と同じ破滅の閃光を放ち、相殺してきましたよ。

骸骨をあしらった邪魂の杖と、支配の緋礼服、まさかとは思っていましたが、私にとって因縁の相手でしたか。

『くっくっく……空帝ハニー、また会えて光栄だよ』

フードが空き、ミイラのような素顔が露わになりました。

ええ、あの気色悪い笑みを浮かべているのは、私以外に存在する、もう一人の七織の魔導師。

「光栄もなにも、貴方はヨハンナの浄化の術式で消滅したのではありませんか？　四天王が一人、不死王リビングテイラー……ということは、あのドワーフラビットはまさか！」

私の魔術と互角に渡り合える存在なんて、四天王のなかでも七織の魔導師リビングテイラーしか、存在しませんからね。

そして四天王最後の一人である錬金術師ヤンが、まさかドワーフラビットですか‼

ドワーフだったヤンがドワーフラビットって、最後は落ち担当ですか。

あ、あと一人の四天王については、実は私がかなり早い時期に討伐してしまったので空位だと思うのですが。ひょっとしたら後釜さんがいるのかもしれません。

そもそも、そいつを倒すことで【空帝】の称号を得たのですから。

『……すでに、ヤンは居城に戻った。ここまでは計画が順調であったが、貴様の邪魔が入るとは予想もしていなかったよ……ということで、我々は、そろそろ撤退することにしよう』

『幸いなことに、貴様が破滅の閃光を放つよう、陽動はできたのでね……』

しまった！

魔王アンドレスとリビングテイラーの目的は、私の魔力を消耗させることでしたか。

「は、は、嵌めましたねぇぇぇぇぇぇぇ」

『そういうことだ。では……向こうの世界では叶わなかった世界征服。この地球で叶えるとしよう』

そう呟くと、魔王アンドレスの足元には魔法陣が広がっていきます。

あれは空間転移術式、七織の魔導師でなくては発動できない極大魔法。

「逃がしませんっ。七織の魔導師が誓願します。我が手の前に七織の稲妻を遣わせたまえ……我はその代償に、魔力一万二千を献上します。術式破壊《ディスペル》っ」

転移させてなるものか、ここですべてを終わらせる。

そう思って放った魔術も、一歩及ばず。

私の目の前で、アンドレスは高らかに笑いながら、その姿を消してしまいます。

『それでは……また会いましょう。生きていればの話ですけれどね……術式破壊《ディスペル》っ』

不死王リビングテイラーがそう呟いてから、私が構築した結界壁に向かって魔法を放ちました。

――ビシバシビシッ
「こ、こんのぉぉぉぉぉっ。よりにもよって、結界壁を破壊しますかぁ！」

私の叫びが届いたのでしょうか、四天王は不敵な笑みを浮かべて消えていきました。

あのタイミングで転移術式を消去したとしても、その場合は四天王とドラゴン二体を同時に相手する必要が出てきます。

それは最悪のケースですし、周辺の被害も尋常ではなくなってしまいますから。

そして四天王が消えた直後、私の構築した結界壁が音を立てて崩れていきました。

そして結界壁の向こうで大暴れしていたスモールレッドドラゴンとスモールブラックドラゴンは、自分たちの行動を阻害していた結界壁の消滅に気づいたのか、二頭同時に咆哮を上げましたよ。

これは……やばいです。

○○○○○

――グウォォォォォォォォォォォォォォォォォォォォォォッ

深夜の新宿に響く、二頭のドラゴンの咆哮。

魔力を持たないもの、希薄なものにとっては、この咆哮だけで身がすくむ思いでしょう。

ドラゴンの放つ咆哮には、聞いたものの行動を阻害するという『恐慌《パニック》』という効果があります。

今頃、この新宿迷宮付近の自衛官たちは、心臓を鷲掴みされたように体がすくみ、身動きも取れていないでしょう。

咆哮を上げた二頭のドラゴンが迷宮から飛び出そうとしたのですが、ここで逃がすわけには行きません。

こんな化け物を、しかも二頭同時に東京上空に放ってしまったら……。

日本は終わりです。

「逃がしませんっ、七織の魔導師が誓願します。我が手の前に七織の牢獄を生み出したまえ。……我はその代償に、魔力一万二千を献上します。虹色牢獄《プリズムジェイル》っ」

――シャキシャキシャキーン

今まさに飛び立とうとしていた二頭のドラゴンを、私は魔法の檻、虹色の牢獄に捕らえました。

でも、これは一時しのぎの魔術でしかありません。その辺の犯罪者程度なら半永久的に閉じ込めることができるのですが、相手がスモールドラゴンとなりますと、私の魔力が持ちこたえるかどうか。

この間に、何か対策を考える必要があるのですけれど、どうしたものか思案しても、解決策は見いだせず。

ちなみにですが、『破滅の閃光』の高速詠唱により消耗した私の魔力は十二万、その他諸々の魔法を行使しているので、残りの魔力は七万を切っています。

「考えろ～考えろ～。今の魔力で何ができる。魔力回復薬が効果を発揮するまでは、まだ二時間以上必要で、今の残存魔力では二時間も持ちませんよ……」

ああっ、あのリビングテイラーさえいなかったら、とっくにドラゴン討伐だって終わっていたはずなのですよ。それなのに、あの四天王は、どこまで私の邪魔をするのですか……って、もう撤退してしまいましたよね？

「ふう……私一人では魔王と四天王を三人同時に相手なんてできるはずがない。にも拘わらず、あいつらは逃げていったのですよね……」

つまり、今のこの状況は、私に追撃させないため？

ひょっとして、今の魔王たちは本来の力を取り戻していないとか？

可能性としてはありですが、今はそんなことを悠長に考察している暇なんてありません。

とっととこのドラゴンを、どうにかしなくてはなりませんよねぇ。

「私の残存魔力は残り七万以下……一か八かの大勝負ですけれど、ここは私の強運にすべてを託すことにしましょうか」

相手はスモールドラゴン二体、魔法抵抗力は人間よりは当然高いものの、最強というほどではありません。そしてレッドドラゴンは炎に、ブラックドラゴンは暗黒魔術に完全耐性を持っています。

となると、私が使える魔法で、ここ一番の切り札は……。

――バッ!!

アイテムボックスから杖を取り出し、それを構えて詠唱を開始。

唱える魔術は『絶対零度の氷壁《アブソリュート・ゼロ》』、生きとし生けるものを凍り付かせる魔術。

ええ、対象の生命活動をゼロまで低下させて、魂すら凍り付かせ粉砕する魔術です。

ただし、魔法抵抗力が高い相手ですとレジストされてしまうのですが、そうさせないように余剰の魔力を注ぎ込み、対象の抵抗力すら凍り付かせなくてはなりません。

――ビシッ
虹色牢獄《プリズムジェイル》に亀裂が走ります。

急いで魔術を発動しなくては。

「七織の魔導師が誓願します。我が手の前に六織の氷壁を生み出したまえ。……我はその代償に、魔力三万五千を献上します。生きとし生けるもの、その全てを覆いつくす永久氷壁よ……我が前の暴竜より命を刈り取り給え……絶対零度の氷壁《アブソリュート・ゼロ》っ」

――バギャッッピシピシイイイイイイイイイイッ
絶対零度の氷壁が発動した瞬間、虹色牢獄が砕け散りました。

やはり、スモールとはいえ二頭の竜を捕らえておくのは不可能でしたか。

ですが、その直後に絶対零度の氷壁が発動、二頭の竜の全身が、巨大な氷壁に包まれていきます。

「やった‼やりましたよ……って、嘘？」

全身を氷壁に包まれて絶命したドラゴンたち。

そう思ったのですが、私はやってはいけないことをしてしまったようです。

——ビシビシビシッ……バッギィィィィィィィィッ
氷壁が砕け散り、スモールブラックドラゴンが高らかに咆哮を上げたのです。

その横では、命を奪われ力なく崩れていくスモールレッドドラゴンの姿もあります。

「嘘でしょ？あの魔力に対して抵抗できたっていうの？」

魔術は、魔力を込めれば込めるほど威力を増す。

ただし、その分だけ術式の安定度は低下し、制御が不安定となります。

先ほどの魔術だって、余剰魔力を五千もつぎ込んで安定性と強度を上げたのですよ、それなのに抵抗するっていうことは……。

「まさか……進化した？」

極限状態に追い込まれた竜種は、存在進化という現象を起こすときがあります。

それが、今、私の目の前で起こっているようです。

ビシビシと漆黒の鱗に亀裂が走り、その隙間から黒い霧が吹き出しました。

「やっぱり、存在進化しますか‼」

ああっ、先ほどの私の頬を、力いっぱい殴りたいです。

『やった、やりましたよ』なんて、死亡フラグそのものじゃないですか。

しかも私の魔力はすでに三千を切っていますし、何よりもこの短時間で魔力総量の八十％を失い、私は魔力飢餓状態に突入しました。

通称・魔力酔い。

意識が薄れ、身体が麻痺したように動きが鈍化していきます。

魔法を使うものは、この状態にならないように、常に体内の魔力制御に気を配らなくてはなりません。

ですが、この短時間で高度な術式を連発したツケが来たようです。

「うそ……でしょう……」

全身から力が抜け、ガクッと膝をついてしまいます。

そして目の前のスモールブラックドラゴンの鱗が砕けると、光すら吸収しそうな宵闇色の鱗を持つ竜に進化しました。

ええ、スモールブラックドラゴンがミドルブラックドラゴンになったのではなく、ヴォイドドラゴンという中位種になったのですよ、ええ、本当にお久しぶりですね。

「ヴォイドドラゴン……またの名を、ジャバウォーキー……」

四天王が一角・空帝竜ジャバウォーキー。

その同位種に進化しやがりましたよ。ええ、奴は唯一存在でしたから、先代がいなければ進化可能ですよね……

迂闊な自分を責めたい気分です。

そしてヴォイドドラゴンは私を一瞥すると、大きな口を開きました。

これはやばい、久しぶりに危機ですよね。

「ああ、これは最悪かも」

巨大な顎の奥に、混沌の渦巻くエネルギー体が生み出されます。

はい、暗黒系魔法の混沌の吐息《カースドブレス》ですよね、神聖魔法以外では防ぐことができない奴。

つまり、私では不可能で……。

――ゴウウウウウウウウウウウウウウウッ
ヴォイドドラゴンのブレスが、一直線に放出されます。

その瞬間、私の前に誰かが飛び出してきました！

「創造神の聖女が誓願します……神代の聖壁よ‼」

——シャキィィィィィィン
私と目の前の女性……ヨハンナを包むように、球状の結界が出現しました。

これは聖女の限定術式・外部からの一切の干渉を阻害する神の力の顕現。

「近藤陸将補からの要請です。如月さんとの連絡が途絶えたので、貴方を助けてほしいって」

「あ……通信機、いつの間にか壊れていましたか」

胸元に装着していた携帯用通信機が、破損していた模様です。

生還したら、まずは始末書の作製ですか。

「それよりも、あの竜って四天王？　確か弥生ちゃんが倒したはずよね？」

「それについては、生還してから……ですね」

私たちに向かってブレスを放出しっぱなしだったヴォイドドラゴンですが、どうやら私たちには効果が無いことを悟ったらしく、翼を広げて一鳴きしたのち、迷宮の外に向かって二度目のブレスを放ちましたよ。

——ゴウウウウウウウウウウウウウウウウウウウウッ
地下空洞と同じ直径の漆黒のブレスが、空高くまで噴き出していきました。

ヴォイドドラゴンのブレスは瘴気と高濃度酸の混ざった魔法物質によって構成されているので、魔法的防御や魔導構造物でない限りは腐食して溶け落ちますし、ブレスの影響を受けた周辺は瘴気によって汚染されてしまいます。

つまり、今の大空洞の外では、酸の雨が降り注いでいることでしょう。

最悪です。

「それよりも、急がないと……って、魔力酔いと魔素欠乏症じゃない!!」

——キィィン
ヨハンナが私の額に手を当て、魔力酔いを解消してくれます。

「そして、魔力貸与《トランスファー》……」

ヨハンナの魔力が私の中に浸透します。

うん、かなり気分も楽になってきましたよ。

「ありがとう、ヨハンナ。これであいつを仕留められる……と思うから」

「それじゃあ、生存報告もよろしくね」

にっこりと笑いながら、ヨハンナが私に携帯無線機を手渡してくれます。ああ、本営から預かって来たのですね。

「空挺ハニーより仮設本部。これよりドラゴンとの空中戦に移行します。民間報道関係のヘリに戦闘空域からの離脱を命じてください」

『10―4』

さて、それじゃあヴォイドドラゴンを討伐しましょうか。

そう思った矢先、新宿空洞からヴォイドドラゴンが飛び出すと、そのまま上空高くへと飛びあがりました。

「ヨハンナも乗って‼」

すぐさま魔法の箒を取り出してヨハンナを引っ張り、後ろに乗せます。

彼女も私があげた魔法の絨毯で飛んで来たようですけれど、速度・防御能力どちらも私の魔法の箒の方が上。

「外に出たら、私は本営に移動しますね。後ろに乗っていると、本気で戦えないでしょう?」

「ありがとう。それじゃあ、いっきに飛ばしますよぉぉぉぉぉ」

――ブワッ
超高速で空洞の外に向かって飛行。

そして外に出た瞬間にヨハンナは箒から飛び降りると、素早く魔法の絨毯を広げてそちらに飛び乗りました。

それじゃあ、ここからは私の本領発揮ですね。

――シュルルルツ
リミッターカットのため、トレードマークの三つ編みを解き、眼鏡を外します。

そしてトラペスティの耳飾りを換装して、準備完了。

「七織の魔導師が誓願します。我が全身と周囲に七織の魔力波を展開したまえ……我はその代償に、魔力一万二千五百を献上します」

高速飛行を行いつつ、いっきにサード・ステージまで開放。

これで七織の魔導師・空挺ハニー状態に移行完了、私のリミッターは完全に解除されました。

狭い空洞の中では、リミッターを外す余裕なんてありませんでしたからね。

長い黒髪に魔力が纏わり、フワッと周囲に広がります。

そして身体能力も異世界準拠のオーバーリミット状態、これでもヴォイドドラゴンが相手なら、どうにか互角といったところでしょう。

魔素が薄いのですよ、地球は。

「やっぱり、地球の魔素濃度だと、リミッターカットは三分くらいしか持たないみたいね……」

ヴォイドドラゴンは新宿上空で翼を広げてホバリングしながら、全身に稲妻を纏い始めました。

「瘴気のブレスの次は、雷撃の嵐ですか。本当に、お約束どおりの戦術ですよね」

このままだと、ヴォイドドラゴンは稲妻を纏った翼を全力で羽ばたかせ、地上めがけて大量の稲妻をともなった突風が吹き荒れます。

魔力が籠っているので、その被害は甚大。というか新宿、多分ですが消し飛びますね。

それでなくても、先ほどの酸の雨であちこちの建物の壁や看板が溶解している光景が見えています。

「それじゃあ、次の一撃で終わりにしましょうね……トラペスティ、第一段階開放ですっ」

――キイイイイイイイイイイイイイイン
私の言葉に呼応して、トラペスティの耳飾りが光り輝き、私を包む魔力が虹色に変化します。

そして私は羽のように広がった魔力翼を羽ばたかせて加速すると、一気にヴォイドドラゴンの背後まで飛んでいき……。

「七織の魔導師が誓願します。我が杖に、死の影を遣わせたまえ……我はその代償に、魔力四万五千を献上します」

――ボフゥッ
左手の杖の先に、鋭利な刃が生み出されます。

外見的には日本古来の武器である長巻によく似ていますが、これこそが私が空帝ハニーと呼ばれる所以となった、空帝竜ジャバウォーキーを討伐した魔術、『確殺の刃《シュアーキリング》』です。

ヴォイドドラゴンは稲妻の突風を放つために魔力を溢れさせているため、私の動きには気が付いていません。

そして超高速でヴォイドドラゴンの首めがけて飛んでいき、飛び交う稲妻を確殺の刃《シュアーキリング》で受け止めると、さらに稲妻のエネルギーを確殺の刃《シュアーキリング》に上乗せしてから、一気に首筋めがけて横薙ぎに振り回します。

「どぉりゃぁぁぁぁぁぁぁぁぁぁぁぁぁぁぁぁぁぁ」

――ズバァァァァァァァァッ

振り抜く瞬間に刃が伸び、一撃でドラゴンの首を切断。

その瞬間にアイテムボックスの中にドラゴンのすべてを収納し、血しぶきが地面に降り注がないように注意しなくてはなりません。

このドラゴンの血も、霊薬エリクサーを作るための原料になるのですから。

『こちら市ヶ谷本部。空挺ハニー、現状の報告を』

「こちら空挺ハニー。ドラゴン種の掃討を完了。引き続き迷宮内部に移動し、調査を開始します」

『10―4、健闘を祈る』

ということで、このまま迷宮に戻り、凍り付いているスモールレッドドラゴンの死体も回収。

あとは迷宮奥の広場にある召喚魔法陣を破壊しつつ、内部の状況を確認。

1時間後にはすべての調査を終えて、市ヶ谷本部へと帰還しました。

ふう……疲れましたよ、本当に。

もう魔力なんてほとんど残っていませんからね。

確殺の刃《シュアーキリング》の効果で、どんどん魔力が削れていきましたし。

なによりこの魔術は、リミッターカット状態であることと、なおかつトラペスティの耳飾りによるサポートがなくては、制御することなんてほぼ不可能なのですから。

○　○　○　○　○

一連の事件の報告。

未だ魔王アンドレスを始めとした四天王の目的は不明ですけれど、とにかく奴はこの地球を征服する気満々なのだろうという予測はできます。

それに、まだ地球に来たばかりのようにも感じましたので、奴らが力を取り戻す前にどうにか対処しないとなりませんが。魔素が薄い地球では、私の感知系魔法も効果は半減以下、そうそう探し出すことなんてできませんよ。

まあ、そのことも纏めて報告し、私は周辺の安全が確認されるまでは大空洞付近に設営されている仮設テントで仮眠状態。

その間はヨハンナが第1空挺団に同行し、新宿大空洞の入り口周辺から調査を開始。

そして朝になって私も合流し周辺調査を続行しましたが。異常は発見されなかったので、再度結界を構築してから習志野駐屯地へと帰還しました。

なお、昨夜の私とドラゴンとの空中戦はしっかりと臨時ニュースで生中継されていたらしく、インターネットやらTwitterでも大騒動になっているようです。

まあ、あとのことなんて知りません。

私個人へのインタビューも、一切受け付けません。

ドラゴンを見たい、ニュースで映したいというのも、知ったことではありませんよ。

まあ、これからはドラゴンの検死を行いたいとか、素材を提供して欲しいという連絡は後を絶たないようですが。

当初の約束通り、多少は提供しますが後は知りません。

とっととアイテムボックスの中で解体して、素材にしてしまいましょう。

これで各種魔法薬および霊薬の補充もできますし。

なによりも、ドラゴンの魔石はとっても貴重。

錬金術のいい素材になります。

………

……

…

——一か月後・新宿迷宮外

魔王の再誕、そして新宿地下迷宮の危険性を訴え続けてきた結果。

一部野党の反対もむなしく、地下迷宮は破壊処分となることが可決しました。

もっとも、一度に破壊するのではなく、可能な限り調査を行った後、最後に破壊するということになったのです。

ですが、私一人だけでは、魔王による改造を施されたダンジョンの制圧なんて不可能。

今回のドラゴン戦で消耗した魔力の回復が追い付いていないので、急遽『異邦人機関』に要請を行い、アメリカのスティーブとナイジェリアのスマングル、そして日本滞在中のヨハンナさんにも助力を要請、数日後には皆さん日本に集まってきました。

『ふむふむ。これが重力変動のあるダンジョン。しかも自然発生型に手を加えたタイプ。問題ない』

『いや待ってくれスマングル、ここが地球で日本だっていうことは忘れていないよな？ あっちとこっちでは様子が違うと思うんだが』

『確かに』

迷宮入り口に立っている私たち。

全員が愛用の装備に身を固めているので、なんというか懐かしいというか不思議な気持ちです。

こうやって、再びみんなでダンジョン攻略にやってくるなんて、予想もしていませんでしたから。

もうね、懐かしくて涙が溢れそうですよ。

背後で待機している、各国の特殊部隊さえいなければ、ですけれど。

『そうね。もう少し慎重に調査した方がいいわね。それで弥生ちゃん、この地下迷宮の地図はあるのよね？ 私が調べた分は一層の半分にも満たないわよ？』

「当然ですよ。ということで地図を配りま～す。最短で第一層のボス部屋に向かうのでしたら、赤いラインで進めばいいと思うわ。あとはまあ、宝箱のリスポーンポイントとかも書いてあるけれど、遠回りな上にミミックも発生しているから、慎重にしないとならなくて。それに……ね？」

チラッと後ろを振り向いて呟くと、スティーブたちも理解してくれました。

異邦人機関がスティーブさんたちへの協力要請を許可した条件として、各国の特殊部隊を調査に参加させるように命じられています。

地球に初めて出現した迷宮ということでサンプルの回収も認められているのですが、その代わり自分たちの身は自分たちで守ること、階層を超える場合は全員で同時に移動することなどの条件が付け加えられています。

ダンジョンにスポーンする宝箱の調査も兼ねて行うということらしく……まあ、各国でもサンプルが欲しいのでしょうねぇ。

ちなみに日本の場合は魔導編隊が参加しているので慣れたものですけれど、そこの隊員たち、こっち見てニヤニヤするなぁ‼

『まあ、第一階層を越えることはできるが、第二階層では下手すると半分ぐらいは死亡するかもなぁ。なんというか、ほら、あっちの世界で、冒険者ギルドの依頼であった奴……なぁ？』

『貴族子女の護衛任務だ。パワーレベリングという名目で同行したことがあった』

『あの時は大変だったわよねぇ……と、どうやらお客さんよ？』

ヨハンナが回廊正面を睨む。

それとほぼ同時にスマングルが前に出て盾を構え、スティーブが剣を構えなおします。

そして私も杖を振りかざし、詠唱を開始。

「七織の魔導師が誓願します。我が友に、戦いの加護を授け給え……我はその代償に、魔力千六百を献上します」

そう唱えた瞬間、スティーブたちの身体が金色に輝きます。

さあ、これで戦う準備は完了。

ターゲットは、前方から走ってくるゴブリンの群れ、およそ十五匹。

更にワイルドウルフも従えているということは、上位種が存在している模様。

『それじゃあ、いきますか‼ヤヨイはいつも通り魔法でバックアップを、スマングルは敵を引きつけてくれ。ヨハンナ、特殊部隊に対して注意してくれるか』

「ほいほい、バックアップ了解。七織の魔導師が誓願します。我が友に魔導力を与えたまえ……我はその代償に、魔力四百五十を献上します」

『敵は引き付ける、あとは任せた』

『はいはい。ゴブリンってどうしても、私を狙ってくるのよねぇ……特殊部隊の皆さん、私たちが取り損ねた敵の殲滅をお願いしますね……神の祝福《ゴッドブレス》です』

うん、懐かしい雰囲気だけれど、油断は禁物。

それじゃあ、久しぶりのパーティー戦を開始するとしましょうか‼

○○○○○

新宿迷宮・地下一階層。

そこは、異世界とは異なる、シャレにならない空間でした。

私とスティーブ、ヨハンナ、そしてスマングルはまあ、ダンジョン攻略については慣れっこなので、特に問題はありませんでしたけれど。

問題なのは、後方からついてくる各国の特殊部隊のみなさん。

私たちはモンスターが出てくるとサーチ&デストロイで殲滅、そののち死体は全てアイテムボックスに回収し、先に進むという方法を作戦で行動しています。

ちなみにですが、この新宿地下迷宮にも、あっちの世界のダンジョンと同じように、人間をおびき寄せるための餌が出現するのです。

それが『宝箱』と呼ばれるものであり、内部には魔素が凝縮した『魔素結晶』が発生。それがダンジョンコアの影響により、様々な物品へと変化したものが収められています。

例えば宝剣、例えば宝石貴金属、そして魔導具、すなわちマジック・アイテムなどに変化したものが収められてありまして。しかも地上では入手困難な強力なものまで入っていることがあるため、一攫千金を求めてダンジョンに突入する冒険者は後を絶ちません。

もっとも、そういった無謀な冒険者の魂すら、ダンジョンコアにより宝物化したり魔物化したりするので、シャレにはなっていませんけれどね。

このことについては魔導編隊には説明済みですし、実際に見たこともあるのでそれほど動揺はありませんけれど。

問題なのは、説明は受けているけれど、実際に見るのは初めてという他国の特殊部隊の方々。

道中、私たちが宝箱を発見したときもかなり詰め寄って来て、事細かに説明を要求されましたからね。

…………

……

……

…

『……スマングル、どんな感じだ？』

『アシッド・ガスだ。今、解除する』

ここは一階層最奥、ボス部屋前の空間。

その隅っこに、定期的に湧き出る宝箱を、スマングルが鍵開け道具を使って解除している真っ最中。

この広場には合計三か所で宝箱が湧くのですけれど、後方で待機している部隊には、残り二か所については手を出さないようにと説明してあります。

ええ、素人は黙っていろ、開けたければ鍵開けと罠解除の専門家を連れて来いという感じですよ。

第1空挺団の皆さんは、何度か調査でここまで来たことがありますので重々承知。そのため宝箱には目もくれずに、さらに横に続く回廊を警戒している真っ最中です。

ですが、他国の特殊部隊はやはり興味津々らしく、残り二箇所の宝箱をチラチラと見ては、近寄ってみたり映像に納めたりと、開けたい気持ちを必死に抑えていますね。

『スティーブ、こいつは複合型の罠だ。殺意の塊でしかない、以上だ』

『ふん。この階層でいきなりデス・トラップとはなぁ。ヤヨイから魔王たちの存在を聞かされた時は耳を疑ったものだが……マジでいるなんて予想もしていないぞ。そもそもだ、奴らはここで何を企んでいたんだ？　ヤヨイは聞き出せなかったのか？』

「あのね、あんな状況で何をどう問いかけたら教えてくれると思っているのよ。魔王と四天王のうち三人が目の前に現れたのよ？　魔王以外、四天王でも一人だけなら、まだ単独突破できたかも知れないのにさ、よりにもよって魔王戦最終ステージ・リターンズだったのよ？　しかもドラゴンも二頭いたのですからね」

　状況は最悪でしたからね。

　私たち勇者パーティーの手を全て、それも奥の手まで知っている魔王軍が地球に襲来しているのですから。奴らが力を取り戻したとしたら、脅威以外のなにものでもありませんからね。

『パーティー転移が使えればよかったのだけどなぁ。それなら、俺やスマングルを一瞬で呼び出せたのに』

「無茶を言わないでよ。大陸越えどころか、地球の裏側に近い場所にいるスティーブを引っ張れるだけの魔力なんてないわよ。そもそも、大気中の魔素が薄いから魔導伝達率も低いのよ？」

　大気中の魔素を伝達して、相手を手元に転移させる術式、それが通称パーティー転移。

　その魔素が薄すぎるのですから、無理なものは無理。

　そもそも、どうして魔王と四天王の奴らまでこの地球に居るのか、そこが理解不能なのですからね。

　可能性としては、私たちが地球に戻るために使用した『奇跡の宝珠』、その効果が魔族にも伝播した可能性があるっていうことですよね。

『それにしても、魔王まで地球にきたのか……まさかとは思うが、俺たちの封印を破壊した奴がいるのか？』

『もしくは……魔王も、私たちのように異世界転移した存在だったという可能性もあるわよね』

『ん？　そうだとしても、地球に戻って来る方法ってないはずだよな？　世界を越えるためには、神の加護が無くてはならないってヨハンナも説明していたはずだが』

はぁ、やっぱり気が付いていなかったようですね。

スティーブがあんなことを願わなければ、私がここまで苦労させられることはなかったのですよ。

「はぁ。スティーブ、ここの調査が終わったら、ホテルのディナーを奢ってね、罰だから」

『なんでだよ？　なあ、俺ってヤヨイに何かしたか？』

いきなり矛先が自分に向けられて、スティーブが動揺している。

まあ、それぐらいしても罰は当たらないとおもうよ。

「詳しくは後で説明するわ。それよりもさ、スマングル、どんな感じなの？」

『あと少し……よし、これで最後だ‼』

――カチッ
――チュドォォォォォォォォォォォォォォォォォン！

スマングルが宝箱の罠を解除したのと、私達の後方で大爆発が起きたのは、ほぼ同時。

突然発生した爆音と熱風と煙が、私たちの後方から吹き込んできます。

「七織の魔導師が誓願して理力の壁を生み出して……以下略っ‼」

簡易詠唱により、私たち四人を理力の壁で包み込みます。

その瞬間に爆熱が周囲を覆いつくし、絶叫が響き渡りました。

さらにあちこちから小さな爆発も発生し、やがて爆熱が収まったとき。

後方で待機していたらしい各国の特殊部隊は、ほぼ半壊状態。

あちこちに肉片とか、吹き飛んだ装備品の破片が散らばっています。

その中には、全身が一瞬で消し炭になって倒れている死体も見えていますが。

「あれ、スマングル、ひょっとして罠解除を失敗したの？」

『成功した。だから、この爆熱は関係ない』

「ですよね～」

私とスマングルが冷静に話している最中、ヨハンナとスティーブがまだ息のある隊員たちに向かって走り出しました。

『スマングル、残った宝箱の罠の解除を頼む。ヤヨイは左横回廊を警戒、この爆音で魔物がやってくる可能性がある。ヨハンナ、広範囲回復術式、いけるか？』

『任せて。我が愛しき神・ゲネシスよ。我が祈りに答え、癒しの力を授けたまえ……』

ヨハンナの祈りが、回廊に響きます。

すると、その場に倒れている『生きている人々』全員の身体が淡く緑色に輝きました。

それは神の奇跡の代行、傷ついた体を癒す、神の御業。

「さてと、さっきの爆熱ってさ、警戒《アラート》の罠も同時に作動させちゃったみたいだね……。七織の魔導師が誓願します。我が手の前に二織の白雲を遣わせたまえ……我はその代償に、魔力四百五十を献上します……眠りの雲っっっっっ」

——プシュウウウウゥゥゥゥ
私たちのいる広間目掛けて走って来る、体長二・五メートルほどの牛頭の巨人《ミノタウロス》たち。

その周囲に眠りの雲を生み出すと、ミノタウロスたちは次々と意識を刈り取られ、眠りの世界へと誘われていきました。

そしてスティーブはというと、後方で生き残っているアメリカの特殊部隊に向かって、何があったのか問いかけている真っ最中のようです。

『おい、いったいなにが起きたんだ、説明しろ！』

『あ、あの国の特殊部隊の奴らが、命令を無視して宝箱を開けたんだ』

『どこの国の連中だ、俺は絶対に手を出すなって話をしていただろうが』

あ〜、遠くから聞こえてくる、英語の説教。

こういう時、自動翻訳って不便ですよねぇ。

聞きたくないのに、聞こえてきますし理解してしまいますから。

『わ、我々はその命令を忠実に守っていた。だが、この新宿ダンジョンに入ってから、我々は何一つサンプルを手に入れることはできなかった。だから、あの国のやつらは命令を無視して』

『糞ったれ‼ いいか、お前たちは一切手を出すな。あいつらみたいにミンチになりたくなかったらな‼』

あ〜。

スティーブがガチギレしている。

無理もないか。あっちの世界でも、同じようなことをしでかした冒険者がいたからなぁ。

貴族の依頼で、生まれたてのダンジョンの調査にいったときだったかな。

同行していた貴族のお抱え冒険者が、同じようにデス・トラップに引っかかって、私たちも全滅しそうになったんですよねぇ。

チラリとヨハンナを見るけれど、やっぱりスティーブの方を見て肩をすくめています。

うん、私の防御魔法が間に合わなかったら、私たち達も無傷じゃ済まなかったろうからなぁ。

「スティーブ。とっとと先に進む？ それとも一度、引き返す？」

『その命令権者は俺じゃないからなぁ、ちょっと話を付けてくるか』

確か、同行していた特殊部隊は日本とアメリカ、ドイツ、中国、フランスの五か国。

一か国につき一分隊八名、私たちを含めて合計四十四名での攻略だったのですけれど……今残っているのは、日本とアメリカ、フランス、中国の部隊で二十九名、三名が死亡、残りの部隊の半分以上が負傷状態。

そしてドイツは生存者が二名のみ。

つまり、やらかしたのはドイツの特殊部隊。

残っている各国の部隊も巻き込まれたらしく、かなりの怪我人が出ていたようです。見た感じでも、装備はすでにボロボロですからねぇ。怪我はヨハンナが魔法で直していますけれど、装備ばかりはどうしようもないですよ。

しっかし、よくさっきの爆風で日本は無事でしたよね。

とりあえず自国の部隊の様子を確認するために、回廊向こうのミノタウロスにトドメの真空の刃《エアロスミス》を叩き込んで首を切断したのち、死体は全て回収します。

こっちの方をチラッチラッと見ている他国の特殊部隊の皆さん、すいませんねぇ。

そして魔導編隊の待機場所に向かい様子を見ますが、とりあえず大きなけがもなく無事の模様。

「高千穂1佐、ご無事でしたか？」

「ああ、装備がほとんどやられてしまったが、どうやら欠員はないようだ。しかし、先程の爆発は、いったいなんだったのだ？」

「以前、ここで説明した宝箱の罠です。魔素が薄いのでそれほど強い爆発はないと思っていたのですけれど、このダンジョン内部の魔素濃度は、どうやら私たちがいた異世界と同じ程度かと推測できます」

淡々と、ありのままの情報を説明しました。

すると高千穂1佐も納得したらしく、今後についてどうするか、一旦状況を確認したいそうです。

それについては他国の部隊も同じらしく、このままダンジョンアタックを続けるべきか、装備を整えるために一旦戻るのか、各国リーダーとスティーブが集まって話し合いが始まりましたが。

『……ヤヨイ、ヨハンナ、スティーブ。とんでもない罠が張ってあった』

スマングルが私たちを呼んでいたので、彼の元に向かいます。

スティーブも話し合いの最中でしたが、あっちは任せてこちらに合流のようです。

──キン……キン……キン……

罠が解除された、宝箱の中。

そこには金銀財宝の山と、『開門術式の刻まれた宝珠』が安置されていましたよ。

『はぁ。この宝箱を開けると、宝珠が反応してボス部屋の扉が開くってことかよ。あっちの宝箱のやつは開けると警戒音が響き、回廊内の魔物を呼び寄せる……最初に解除したやつは、どんなタイプだったって？ああ、デス・トラップだったな』

「ふぅん。宝箱の位置的に考えると、最初が警戒音で次が開門っていう感じ？そして超危険な罠の解除に成功して油断してたところに、さらに高難易度のデス・トラップ……ふっふっふっ、あのわんこ魔王めぇぇぇぇぇ」

『まあまあ、弥生ちゃんも落ち着いて。それよりも、どうやら向こうの話し合いは終わったみたいよ？』

ヨハンナが、こちらに向かってやってくる特殊部隊の代表たちを指さしています。

すると、統括リーダーであるアメリカ特殊部隊所属のアルバート少佐がやって来ました。

『スティーブ、我々は一旦、地上に戻りたい。今のこの状態では、これ以上は作戦を続行することはできない』

『まあ、そうでしょうね……それじゃあ、ここから帰還しますか……ヤヨイ、結界をここに固定できるか？』

「ここにって、ああ、ここまでの道を全て結界でロックするっていう事ね」

入り口からここまでの道中、すべてを最短ルートで進むための道筋。その途中途中の分岐点を全て結界で堰止めして、次のアタックの時に安全を確保したいということですかぁ。

うん、不可能じゃないね。

「都度、横道を結界で塞ぐタイプなら。一週間は持続するけれど、それでいい？」

『ということだ。次のトライまでの最長待機時間は七日。それまでに部隊を再編してほしい。各国の代表にも、そう伝えてくれ』

『サー・イエッサー‼』

スティーブに敬礼をして、その場から立ち去るアルバート少佐。

そして第一層攻略を失敗した私たちは、地上へと引き返すこととなりました。

はぁ。

また何か言われそうですよ。


………

……

…

——新宿迷宮・仮設ゲート内
無事に各国の特殊部隊の護衛を終えて、私は部隊長に帰還報告を行いました。
そののち、チーム・異邦人《フォーリナー》は新宿迷宮外に併設してある簡易宿舎に移動。

次の任務があるまで、新宿迷宮区画内での待機任務を仰せつかりました。

「……ということでさ、次の任務が始まるまでは、ここから外に出られないんだよね～。ほい、スマングル、こいつの血抜きが終わったから、魔石を回収して」

『わかった』

『俺の所属はアメリカ海兵隊だけれど、今回は陸軍のデルタフォースとの合同作戦として送り込まれたからなぁ。まあ、そのデルタフォースも、今回の状況報告とか、次の作戦指示があるまでは横須賀の米軍基地に待機らしい。ほい、スマングル、この角と爪、肉を削ぎ落してくれるか』

『うむ』

『私はほら、今は国際異邦人機関の日本支部所属になっていますので。一応は、ローマ教皇庁所属の派遣聖女としての立場もありますけれど、ある程度の自由は約束されていますからね……はいスマングルさん、この眼球を二つ、潰さないように水洗いしてね』

『ああ』

サクサクと、ダンジョン内部で仕留めた魔物を解体。

大まかな解体は私とスティーブが、素材になる希少部位の選別はヨハンナが。

そしてスマングルは最後の下処理を担当。

ブルーシートを広げた上に並べられたテーブル、そこで黙々《もくもく》と魔物の解体を続けていると、やはり気になったのか、陸自のお偉いさんたちが集まって来て様子を見ています。

「さて、大体おおまかな素材はこれで終わりかなぁ。あとは大物だけど、まだいけそう？」

『大物……ああ、バーベキューの準備もして欲しいが、それはどうなんだ？』

「地球じゃ、魔物食については話したことがないからなぁ。まあ、牛と思えばいいんだけれどさ」

――ドサッ
牛頭の魔物《ミノタウロス》をアイテムボックスから引っ張り出すと、いそいで解体作業を開始します。

こいつは体内に大きめの魔石を保有していますが、それ以外のほとんどの部位が可食部位なのですよ。

あっちの世界でも、こいつを仕留めた夜には焼き肉パーティーで盛り上がったものですよ。

まあ、向こうの世界に転移した最初の一年目は、『そんなものが食えるかー』って、全力で拒否していましたけどね。

最後の方は逆に、『ミノタウロス＝焼肉』という構図になっていましたから。

「き、如月3曹、その牛のような化け物だが……さっき、バーベキューとか話していなかったか？」

「はい。この魔物の素材は食用として扱われていましたので。肉は煮ても焼いても美味ですし、内臓もほとんど食べられます。骨はまあ、加工して武具や雑貨の素材にもできますし、表皮は鞣《なめ》して防具にできますよ。ミノタウロスは万能な魔物ですから」

淡々と説明しますけれど、お偉いさんたちは真っ青な顔になっています。

まあ、あっちの世界に着いたばかりの私たちも、最初はそんな感じでしたから。

気持ちはわかりますよ、うんうん。

「ほ、本気なのか……それが食べられるというのか」

「さすがに国産和牛とか、A5ランク牛肉というほどおいしくはないですよ。でも、そこそこおいしくて、癖のないオージービーフっていう感じですと進言します」

その私の説明に、ヨハンナさんたちも同意して頷いている。

「まあ、折角ですから……」

ザックザックとミノタウロスを解体。

もも肉とあばら肉《カルビ》を少々……二キロずつぐらいに幾つか腑分けして、ビニールに入れてお偉いさんたちにおすそ分けします。

「うっ……ほ、本当に食べられるのか？」

「はい。鮮度が下がらないうちに食べてください。それと、ここでコンロとか用意していいですか？ それならここで食べるところもお見せできますけれど。ということで、如月3曹より意見具申、焼き肉を食べたいので、この場にて炊事許可を頂きたく思います‼」

堂々と敬礼し、お偉いさんの中に紛れてニヤニヤと笑っている近藤陸将補に進言します。

「よろしい。新宿ダンジョンにて捕獲・解体した魔物の炊事を認める。ただし、野外炊具1号の使用許可は出せないので、必要な道具は全て自分たちで賄うこと、以上。なお、ほかに必要な材料の買い出しについては、外出許可を申請、自費にて認める」

「了解しました‼」

よし、許可取ったぁ。

ということで、さっそく、アイテムボックス内に保管してある『野外炊事道具』を一通り取り出して、食事の準備を開始します。

『ふぅん。さすがにヤヨイは手慣れているよなぁ』

「スティーブ、そもそもだよ、このパーティーで料理ができるのは私とヨハンナだけなんだからね。だから、スマングルと一緒に、残った死体の処理をしておいてね‼」

『はいはい。それじゃあ始めるか』

『俺は、自分のできることをする、以上だ』

ちなみに素材を取った後の、魔物の死骸の処理。

基本的には『燃やす』です。

魔物は迂闊なところに埋めると、周囲の魔素の影響でアンデッド化してしまう。

それを防ぐために燃やして灰にしてしまうのです。

さすがにこの場ではそれはできないため、死体を袋に詰めてから、後日、ダンジョンの中にぶちまけます。できれば処理屋《スライム》が徘徊している辺りに。

そうすれば、あとはスライムが消化吸収し、再びダンジョンコアに魔素が集まりますので。

そんなこんなで、炊事の準備も完了。

地球に帰って来てからは、たまに焼き肉屋さんとかにも行ってたけれど。

やっぱり外で食べる焼き肉の方が楽しくていいよね……って、私、完全に異世界に毒されていた‼

○○○○○

——第五次・新宿迷宮調査隊。

はい、私たちチーム・異邦人《フォーリナー》を中心とした新宿地下迷宮の調査が開始してから、すでに四度の挑戦が終了しています。

第一次にて発生した悲劇、それを繰り返さないように各国の特殊部隊も精鋭のみに絞られ、一チーム四人体制に変更。

今回が五回目の迷宮攻略戦です。

参加国はアメリカのデルタフォース、日本の特戦群、中国の特殊部隊・蛟龍、そしてイギリスの特殊空挺部隊《SAS》、全てエリート揃いです。

ちなみに現在までの攻略階層は第四階層まで、今日は第五階層からの調査がメインです。

なお、ドイツは大惨事……もとい第三次調査で撤退、入れかわりにＳＡＳが加わりました。

作戦内容も大幅に調整し、私たち異邦人《フォーリナー》が斥候を務めてモンスターをせん滅、そののち各国特殊部隊が調査を開始。これを延々と繰り返すという、実に楽しい調査になりました。

ええ、当然ですが討伐したモンスターの素材は私たちのものであり、各国に資料として供与されるものは、私たちが選別して構わないということにもなっています。

そりゃあ、こちらとしてもやる気がでるってものですよ。

『……ふう。この大広間はこれで終わりだな』

「そんな感じですね。第一層からここまで、各層の作りはすべて同じですよ。小部屋の配置から宝箱の出現位置に至るまで。なんというか、一層目を細かく作ったのち、残りの階層はコピペして手を加えた程度っていうところでしょうねぇ……」

『その代わり、魔物の強度が跳ね上がっている。この第5層については、特殊部隊はなんの力も持たないも当然』

『ということで、ここは私の出番なのですね……神よ、その優しき腕に……』

第五層最終大広間、つまりボス部屋前の待機広場。

やはり三か所に宝箱が湧いていますが、ここは他の階層とは一味も二味も違います。

「dgl：：wててねeh:jb：a:j　hとあnbml　fv　」.　とwe:jy　／@［　Aorm　hbbo3u
1bsub8　x　blfk　ja@9p7」

どこか異国の言葉を放つ、純白のローブを身にまとったミイラ。

それが大広間の中央で、巨大な魔法陣を形成している真っ最中でした。

一瞬、あの忌々しいリビングテイラーが再戦を申し込んできたかと思いましたが、保有している魔力量が少ないので別人ですね。

『ヤヨイ、あれはただのリッチロードか？』

「多分……ほら、ヨハンナが対抗魔術の詠唱を始めてるし、スティーブが盾を構えてカバーに回っていますから。ちなみに特殊部隊の皆さんは……と、うん、大丈夫ですね」

特殊部隊のメンバーは、私たちがこの広間へとたどり着いた回廊、その奥で待機しています。

ええ、本国に発破かけられて功を焦ったばかりに、単独でボス部屋に突っ込んで全滅したどこかの国の特殊部隊を見ていますからねぇ。

もっとも、彼らはその時、アンデッドの精神攻撃を受けて狂化していましたので、やむを得ないと言えばそれまででしたし。

『スマングル！　ヤヨイ、フォーメーションDで頼む』

「はいはい……デンジャラスのDですね。それじゃあ七織の魔導師が誓願します。かの者たちに五織の虹布を纏わらせたまえ……我はその代償に、魔力千百五十を献上します……虹織の防護布《キャッチ・ザ・レインボウ》っ‼」

杖を振りあげ、スティーブとスマングル、そしてヨハンナの三人に防御魔術を発動。

彼らの全身に、虹色の魔力がコーティングされます。

『全てを守る力を……堅牢なる騎士《ハード・デイズ・ナイト》……』

スマングルも盾に闘気を込めてから、まっすぐにリッチロードに向かって大爆走。

ちなみにですが、リッチロードの攻撃手段は大まかに分けて四パターン。


一つ目は、防御魔術でがっちりと身を固めてから、細々と魔法で攻撃してくる堅実型。

二つ目は、初手先制攻撃、大攻撃魔術を使い一撃必殺を狙ってくるヒャッハータイプ。

三つ目は、ちょっと異質ですが、身体強化を行った後に近接格闘に持ち込んでくる肉体派。


そして今回のリッチロードは、このどれでもない四つ目のパターン。

リッチロードの目の前に魔法陣が浮かび上がります。

それは召喚術式、異界の悪魔を召喚する禁忌の呪文。

それに対して、ヨハンナは対抗魔術で魔法陣の消去を開始、お互いに一進一退の魔術のぶつかり合いが続いています。

そしてこの手の召喚魔術を詠唱する際、術者本人は全くといってよいほど無防備になるため、このリッチロードはあらかじめ防護の術式を発動し、自身の周囲に直径六メートルほどの『絶対防御障壁』を展開しています。

こうなると、奴に対して近づくことは不可能なのですが。

――ドッゴォォォォォォォォォォォッ
その絶対防護壁に向かって、盾を構えて突進するスマングル。

しかも一撃で絶対防御壁を穿ち、通り道を確保しましたよ。

うん、『鉄壁の守り』のための技でぶん殴るとは、相変わらずの猪突猛進ディフェンダーです。

「よっしゃぁぁぁぁぁぁぁぁ‼ 超弾道《バリスティック》・十八連斬っ」

スマングルのぶち開けた穴に向かって、スティーブが突撃。

そのまま屈んだスマングルの背をジャンプ台にして飛び上がると、リッチロードに向かって急降下。

ヨハンナが付与した神の一撃《バニッシュ》を乗せた巨大な聖剣で刹那の軌跡を描くように、リッチロードを縦横無尽に切断しています。

うん、一撃で惨殺しましたよ、この勇者は。

超弾道《バリスティック》はスティーブのフェイバリット技の一つであり、いかなるボスキャラも高確率で一撃死させるという、まさに必殺技と呼ぶにふさわしい一撃なのです。

——パチパチパチパチ
その光景を久しぶりに見て、私も思わず拍手。

だって、この技を最後に見たのは、あっちの世界のラスボス・つまり魔王アンドレス戦でしたから。

魔王をも屠る必殺技。

この一撃でリッチロードは一瞬で蒸発し、床に広がっていた魔法陣も消滅しました。

「うん、さすがですね。やっぱり勇者は強いですねぇ、うんうん」

『いや、スマングルが壁をぶち破らなかったら突入できなかった、ヨハンナの付与が無ければ、不死の存在を消滅させられなかった。ヤヨイの付与が無ければ、剣の軌跡は光速を越えられなかった……』

『ああ、全員で勝ち取った、それだけだ』

『そうねぇ。まあ、いつも通りということで、さ、ドロップアイテムの回収をしましょう？』

さて、ドロップアイテム……も何もかも、スティーブの一撃で蒸発しましたね。

『何も……ない、な』

『……全て蒸発しましたわね』

「うん、知ってた。スティーブのあの技って、何もドロップさせないんだよね。余波だけで付近のドロップ素材も蒸発させるからさ……」

『いや、ここで使わなければ、いつ使う？　そういうことだ』

まったくその通りなので、誰も彼を責めません。

ということで気を取り直して、特殊部隊の皆さんを広場に呼び込み、調査を開始しますか。

スマングルが後学のために宝箱の罠解除を説明しているので、私たちは周辺警戒を行いつつ、失った体力と魔力を取り戻すために魔法薬をがぶ飲みです。

ちなみに、さっき私が唱えた虹織の防護布《キャッチ・ザ・レインボウ》は、私自身には効果を発揮しません。つまり、先ほどの私は無防備状態でした。

仲間を信じて、ここ一番の勝利を確信したときにしか使えないのですよ。

そしてすべての宝箱が開かれ、中に入っていたものはアイテムボックスに回収。

いよいよ第五層最大の難関であるボス部屋で挑戦です。


……

……

…

——第十階層・大広間
なんというか……はぁ。

『ここまでハズレ……いや、そんな予感はしていたんだよ』

『確かに、上層部に強敵を配置し、侵入者が奥に来ることを拒んでいた感じがする』

『実質的には、あのリッチロードがラスボスっていうところかしら？ 確かにあの強さは、魔王の四天王クラスでしたから』

ヨハンナのいう通りです。

第五層ボス部屋ですが、開放して内部に突入したものの、内部はもぬけの殻でした。

そこから先、第十層までは濃縮した魔素から発生するワンダリングモンスターこそあれど、宝箱もなにもなく、ボス部屋にも誰もいなく。

とんとん拍子で、第十層まで到達しましたよ。

『ふぅん。ねぇスティーブ、ここのダンジョンって、オルガノ教国に出現した未成熟ダンジョンに近いわよね？』

『オルガノ……ああ、そういうことか』

オルガノ教国の未成熟ダンジョン。

突然出現した全二十五階層からなる、人工ダンジョンでした。

形状は直径三百メートルほどの巨大な塔の姿をしており、上の階へ向かうほどにモンスターが強くなっていった……のですけれど。

十階層を境に、モンスターが出現しなくなったのです。

というのも、その塔を作り出した魔族は、ダンジョンコアの持つ力を低階層に集中させ、短期間で大量の魔力を回収しようと考えていようで。

結果としては、ベテラン勢により十階層まで攻略されると、そのあとはダンジョンコアのある部屋まで階段を上がるだけ。

最後はどの冒険者も全力で階段を駆け上がり、誰がダンジョンコアを破壊するかという競争になったという、笑い話にもなっているのです。

『ということは、この部屋の奥がラストか』

「では、とっととダンジョンコアを破壊して撤収しましょうか。ようやく、この面倒くさい任務から解放されますよ」

『同意だ。とっとと捜査官に戻りたい』

『ダンジョンコア……ねぇ。どんな色かしら？』

スティーブが扉に手を掛けます。

そして勢いよく扉を開くと、そこは広い地下空洞。

これまでのような石造りの壁ではなく、地肌が見える自然洞が広がっています。

その中心には、深紅に輝く水晶体が浮かんでいました。

あれこそが、大地深くに走る星の力、魔力の源流であるマナラインより魔素を吸収するダンジョンの主人・ダンジョンコア。

「うん、予想通りの活性型ダンジョンコアだね」

『ヤヨイ、調べられるか？』

「はいはい、これは私が専門家だからね……と、ちょっと失礼して」

魔法の箒を取り出して横座りし、水晶体の真横まで飛んでいきます。

そしてトラペスティの耳飾りを装着してから、ダンジョンコアに刻まれている古代魔法紋様に触れ、一つ一つを解読。

そして十五分ほどで大まかな魔法紋様の解読は完了したので、まずは簡単な結果報告から。

「初期型・人工ダンジョンですね。ランクはB、危険度Bっていうところかな？　神話級の反応は無しっていうかんじかな」

そう告げつつ、耳飾りを軽く指で鳴らします。

このイヤリングは、私たちがあっちの世界で攻略した『神話級迷宮』のダンジョンコアの一部。

いつも通り回収したダンジョンコアを四等分して、そこから作り出した『神話級魔導具』です。

その能力の一つにダンジョンコアの解析能力があるので、今、装備して使ってみたのですよ。

もっとも、本当の能力なんておっかなくて使えませんし、公表する気もありません。

術式制御用のサポートとか、ダンジョンコアの調査・解析・分割とかにしか使っていません、というか、それ以上のことを行うには、私ではかなり不安定なので使えないのですよ。

神話級魔導具とは、そういうものなのですから。

「あと……このダンジョンコアってさ、魔王アンドレスが生み出したみたいなんだけど……」

刻まれている文字配列は魔族型、そしてダンジョンコアに魔力を注いだ人物たちまで浮かび上がる。

『やっぱりか』

「うん。それとさ、ヤン・マシュウの名前も刻まれているんだけれど……」

『ヤン・マシュウといえば、確か、スティーブが倒した四天王よね？　錬金術師でゴーレムメイカーだったかしら』

「まあ、ヤンとリビングテイラーは見たからね。あと、三本足のカラスもいたけれど、あれって誰なんだろう？　確かもう一人いたよね、影の薄い四天王が」

『ああ。俺が瞬殺した奴だな、以上だ』

これで、新宿地下迷宮を作り出したのが魔王アンドレスと四天王であったことは確定。

でも、どうしてわざわざ、日本に作り出したのか、その理由が分からない。

『それで、ここのダンジョンコアはどういうタイプだ？』

「うーん。魔物の区分なら『亜人型・上級』っていうところかな。効果については、魂を魔素に変換する奴、つまりよくあるやつなのよねぇ。しかも、それをどこかに送り出していたみたいなんだけれど、その送り先についての詳しい部分は消されているのよね。バイパスというか、そういったものもカットされているから、ここは放棄された迷宮という事で間違いはないわよ」

『ということは、第六層からここまでは、未成熟状態だったということか』

『まだ生まれて間もない迷宮ということだな、以上』

スティーブとスマングルの言う通り。

ここはまだ成長途中の迷宮だったようです。

本来なら、冒険者を招き入れて大量殺害したのち、魂をダンジョンコアが回収。そしてそのエネルギーでさらに階層を成長させるタイプでした。

それにしても。

ダンジョンコアの大きさといい質といい、これをうまく扱うことが出来れば、かなり良質な資源を生み出すことができそうです。

まあ、最後は何事もなかったので、あとは任務通りにぶち壊せばいいだけ。

そう、ぶっ壊せばいいのです。

幸いなことにダンジョンコアの階級は『上級』、つまり私でも制御することは難しくありません。

この上の『神界級《オーバーロード》』や『神話級《マイソロジー》』『伝説級《レジェンド》』なんてことになったら、私でもまともに制御することは難しい……かもしれません。

ということで、この新宿迷宮については、ダンジョンコアをこの場に安置したまま、私に支配権の書き換えをすることも可能ということがわかりました。

まあ、私の総魔力量でしたら、ダンジョン維持のために一日に一万ぐらい魔力を吸い取られても、一晩眠れば回復するので問題はないのですけれど。

ここを管理するのが面倒くさい、ということで予定通りに破壊します。

『よし、ヤヨイ……ぶっ壊せ‼』

「了解。七織の魔導師が誓願します。我が前のダンジョンコアと、大地の繋がりを断つために、七織の光を遣わせたまえ……我はその代償に、魔力十五万を献上します」

両手に光を宿し、詠唱を続けます。

その詠唱文にトラペスティの耳飾りが反応し、虹色に発光します。

この耳飾りも元々はダンジョンコアなのですから、共鳴するのは当然。

そして、その共鳴効果を利用して、ダンジョンコアを分割するのです。

私が何を詠唱し始めたのか、スティーブたちは幾度となく見てきたから知っています。

そしてスマングルは、この大空洞に続く回廊の外を警戒してくれました。

私がこのダンジョンコアを破壊したのち、特殊部隊はその欠片を回収しようと動く可能性がありますからね。最悪の場合、この場の全員を殺害し、ダンジョンコアの書き換えを行おうとするかもしれません。

事実、入り口の方から私を監視しているような視線をいくつも感じるのですよ。

『弥生ちゃーん、大丈夫よ。後ろには私たちがついているからね』

『ああ、アメリカからは、可能ならばダンジョンコアを奪って来いと命じられていたが。それはデルタフォースの任務であって、俺は知らんと突っ張ねたからな』

スティーブ！

いきなりそんな暴露話をしないで。

危なくダンジョンコアへの書き換えをしくじるところでしたよ。

「おっと、それではトラペスティに請願します……力の継承、光を四筋。一つはスマングル、一つはスティーブ、一つはヨハンナ、そして最後は私、弥生に……ダンジョンコアよ、四界の支配者たるトラペスティの名に於いて、その形を変え、四つの核へと姿を変えよ……」

これで詠唱は終わりです。

そして。

——パッキィィィイン
ダンジョンコアは綺麗に、四つの水晶柱に変化しました。

それを手に取って、スティーブたちに一つずつ投げて渡します。

「はぁ～、ここのダンジョンコアは凄く綺麗ですね。色合いは赤、いえ、すき透った深紅ですか。大きさも直径三十センチ、長さ八十センチとは、随分と成長していたものですよ」

ふと足元を見ると、分割された時に砕けた破片が散乱していますけれど。これはまあ、無視でいいですね。

ちなみにですが、ダンジョンコアって、普通は分割なんてできません。

七織の魔導師である私が、このトラペスティに頼んで分割してもらっているのですからね、真似してはいけませんよ。

「ほい、分割したダンジョンコアだよ。いつも通りに山分けね」

『了解。魔力の繋がりは？』

「みんなの魂に紐づかせたから。あとは好きにしていいんじゃないかな？　私の受けた任務は、このダンジョンの破壊。ということで、今から十二時間後、この新宿地下迷宮は消滅しますので。撤退しますよ～‼」

そう私が叫ぶと、特殊部隊の隊員たちが次々と大空洞に突入してきます。

そして私の足元に落ちているダンジョンコアの欠片を拾い集め、ケースに収め始めました。

まあ、ダンジョンコアの欠片程度で何かできる訳でもないので、私としては放置案件です。

『……これで、念願だった動物保護区域が作れる』

「ああ、そういう使い方もできるよね、便利だよね、ダンジョンコアってさ」

スマングルは嬉しそうだし、ヨハンナは手に入れた深紅の水晶柱をうっとりと眺めている。

『うふふ。この色のダンジョンコアって、持っていなかったのねぇ。またコレクションが増えちゃったわ。もっとダンジョンが増えるといいわねぇ』

「ヨハンナさんは相変わらずですね。スティーブはそれ、どうするの？」

『そうさなぁ。魔導鍛冶師がいたら、これで武具を作ってもらうところだけれど。ヤヨイ、頼めるか？』

「う～ん、いつものように錬金術で作るの？　まあ、余った素材は私がもらっていいのなら構わないけれど？」

『よし、地上に戻ってから任せる……と、そろそろ撤退するぞ』

スティーブの言葉で、特殊部隊も帰還の準備を開始しました。


………

……

…


その調査の最中。

『……これは、動物の毛か？』

イギリスの特殊部隊の一人が、床に散乱している動物の毛を発見したそうです。

うん、どうせ魔王の毛でしょ、きっと。

『異邦人の……ああ、サージェント・キサラギ、この動物の毛は、採取し母国に回収して構わないのか？』

「ん、ちょっと待ってね、鑑定……と。まあ、多少は魔力が残っているけれど、それって揮発して消滅するので別に構わないですよ。たったそれだけの毛なんて、使い道がないから別にいいんじゃないかな？　ヨハンナはどう思う？」

『どうせ魔王の体毛でしょ？　もっふもふの白い毛なんて、私は興味ないわよ』

『了解。では、これは我々が回収しておくとしよう』

私とヨハンナの返答を聞いて、イギリスの特殊部隊は床に残されていた動物の体毛を回収しています。私たち異邦人なら、残留魔力についても調べることはできるけど。それを持ち帰ってどうこうできるような研究機関なんて、地球には存在しないから気にする必要もないですね。

うん、特に何もないよね？　大丈夫だよね？

私って、こういう時に変なフラグを立てるって、スティーブによく言われていたから。

とにかく、特殊部隊の皆さんが調査を行っている間、私たちは周辺警戒を続けています。

すでにこの新宿地下迷宮は迷宮としての役割を果たすことができないため、魔物も宝箱も全て出現しなくなっています。

そんな感じの空気が続いた一時間後。

――グニュゥッ

迷宮の壁の一部が歪み始め、ぽっかりと空洞に変化していきます。

うん、ダンジョンの崩壊が始まり、虚無空間に飲み込まれ始めましたね。

予想よりも持ちこたえた感じですが、崩壊速度はちょっと早すぎるような。

「アラート。ダンジョンの崩壊が始まった模様です。急ぎ脱出します‼」

『まあ、いつもよりは早い崩壊だな……撤収だ』

私はアイテムボックスから魔法の絨毯を引っ張り出すと、特戦群に乗るように指示します。

「急いで乗ってください。予想よりも早くダンジョンが崩壊します」

「わかった。他の国はどうするのだ？」

「スティーブたちも同じものを持っていますので大丈夫です」

そう叫んだ時、すでに三人も他国の特殊部隊のメンバーを魔法の絨毯に乗せて飛び始めました。

ここからは時間の勝負、それじゃあ全力で飛んでいきますかぁ‼

…………

……

…

――新宿地下迷宮外

ゴゴゴゴゴ

激しい地鳴りが、新宿十字路付近に響きわたる。

やがて縦穴から大量の土煙が噴き出すと、その煙の中から四つの物体が空に飛びあがった。

魔法の絨毯による超高速飛行、それにより弥生たち総勢二十名は、無事に新宿地下ダンジョンからの脱出を果たす。

そして半時ほどたち土煙が収まったころ。

縦穴の底に開いていた迷宮の入り口は消滅、ただ剥き出しの地面が広がっているだけであった。

この日、新宿に出現していた巨大な地下迷宮は、直径二百メートル、深さ二百二十八メートルの縦穴を残して完全に消滅した。

後日の閣議決定により、この一帯の調査が開始されるが、それはまた別の話である。

後始末と蠢く者たち～Ｉｎｔｅｒ　Ｍｉｓｓｉｏｎ～

新宿地下迷宮が消失してから、すでに二ヶ月。

空洞外の倒壊した建屋および切断されたビル群についての調査も完了。

一部補強により使用可能となった建物以外の取り壊しも始まり、近隣地域は巨大な工事現場のような様相を見せ始めている。

縦穴壁面は鉄骨とコンクリートによる補強工事が行われ、現在は最下層を中心とした迷宮の痕跡付近で、連日のように調査が続けられている。

また、補強された大空洞はまるで地下都市の如く復興作業が続けられており、数日前にようやく、地下鉄駅を繋ぐ地下歩行空間が再開。

また、この十字路を中心とした地域に【新宿ジオフロント】の建設も決定、最下層は迷宮採掘地点として使用されるものの、その他の階層にはオフィスやショッピングモールが併設されることとなった。


………

……

…

――北部方面隊・札幌駐屯地
新宿での出来事が夢であったかのような、のんびりとした日々。

あの激戦の功労ということで、私は近藤陸将補より第三級賞詞を受け、第四号防衛記念章を授かりました。

この記念章って確か、一号から四八号まであるのですよね。

私の記憶が確かなら、職務遂行や災害派遣などの功績に応じて付与されたと記憶しています、うん、さすがに細かいところまでは覚えていませんね。

簡単に説明しますと、これは正装時に左胸に付ける徽章であり、赤青黄色といった様々な色が刺繍されている勲章のようなものとご理解ください。

うん、それだけ。

話は戻して、魔物から回収した素材その他は全て異邦人《フォーリナー》たちで分配したのち、各国から派遣されてきた特殊部隊や研究者に少量ずつ配布。残りは私たちで有益に使うことになりました。

スマングルとスティーブは母国へ帰還。時間がなかったため、スティーブのダンジョンコアの加工については次の機会にということで話も纏まりました。

そして新宿ジオフロント再開発計画の発足と同時に、私の新宿での任務は完了。

再び北の大地に帰ってきました。

現在の日本政府は、今回の新宿迷宮の件で『魔法防衛戦力』が必要であると判断、国会でも論議が繰り広げられております。

つまり、今、私の目の前にある大量の書類は、全て『来るべき未来の魔術師育成』のための、新人隊員の選抜書類。なお、すでに目を通したのち、『不合格』の判子と私の『魔術印』を押してあります。

だって、この書類のほとんどが、以前に各地の地方方面隊で行った魔力測定で不合格を受けた人たちの再申請なのですから。

あの時点で適性なしだった人が、魔素の少ないこの地球で、数か月程度で、基準を満たす魔力を得る事なんてありえませんから。

「ふぅ。これで何度目でしょうか。今の日本では、魔術師の素養がある人は皆無だって言うのに……いい加減、日本政府も魔術師育成なんていう夢から醒めて欲しいものですよ」

「如月3曹。無理なことは承知で、日本政府は貴方に期待しているのよ。あとはその不合格者の名簿を総務部に持っていき、通知してもらうだけ。面倒くさい仕事ではないでしょう?」

小笠原1尉が笑みを浮かべつつ、そう私に促します。

はぁ、その通りなんですけれど、どうしてこう、無駄なことを続けますかねぇ。紙が無駄になるのは気にならないのでしょうかね。

「小笠原1尉のおっしゃる通りですけれど」

「アメリカのデルタフォースは、勇者スティーブ氏から闘気修練を受けているという噂もあります。それにともない、米国魔導特殊部隊の新設も考慮されているとか。日本でも……習志野駐屯地の第1空挺団は、如月3曹指導の下、闘気修練を行ったのではないですか？」

「まあ、訓練というか覚醒させただけですけれど。まだまだヒヨッコですよ。二十四時間、寝ている間も自然に闘気が体内を循環するレベルまで仕上げないと、実戦では使い物になりませんから」


………

……

…


習志野の第1空挺団、その過半数の隊員は闘気修練により適性ありと判断できました。

その報告書は防衛省を通じて日本政府にも届けられており、現在の第1空挺団の訓練スケジュールには、新たに闘気修練が組み込まれているそうです。

まあ、私はやり方だけを教えたのと、週に一度、習志野で実地訓練をするだけなのですけれどね。

さすがに一般配布用の教本を作って欲しいと言われても、適性が無い人がやってもなにも変化はないのでお断りさせていただきましたけれど。

その代わり、適性ありの隊員の皆さんには、私が作った『闘気修練教本』を手渡してあります。

これは私があっちの世界で師事したブレンダー流・拳闘術の師範であるカール・ブレンダーから授かった書物を書写したもので、素質があるものには私が闘気術を教えてよいというお墨付きのようなものです。

ここから基礎の更に基礎部分だけを抜粋したものが、『第1空挺団闘気教本・壱』。

まずは基礎をしっかりと身に付け欲しいという事で渡してあります。

なお、教本を真似た他の部隊の隊員は、一週間ほど全身筋肉痛と吐き気と頭痛に襲われたとか。


………

……

…


そんな笑い話を小笠原1尉に説明しますと、意外と興味があったようで。

それに、隊舎事務室に勤めている他の一般事務員の方も興味津々のようですよ。

「そうそう、闘気修練って、健康促進以外にも効果があるのですよ」

「効果ですか? 特にそれらしい報告書は届いて……」

そう呟いている小笠原1尉の手をお借りして、私の頬に触れてもらいます。

すると、ハッとした表情をしたのち、私の両頬をゆっくりと触り始めました。

「このみずみずしい肌って、若さだけではないわよね……」

「ええ。闘気修練による身体活性化。これで私の肌年齢は、常に十代後半を保っています。あっちの世界でも、そのためだけに闘気修練を学んでいた貴族のご婦人たちもいらっしゃいましたから」

これは事実です。

実際、私の元に冒険者ギルドから指名依頼が届いたことも、なんどかありましたから。

そして今の話を聞いて、事務員の視線がより強くなったように感じてきましたよ。

「如月3曹、ぶしつけな質問で申し訳ありません。3曹のその、あの、む、胸のサイズも、闘気修練によるものなのでしょうか?」

おっと、そうきましたか。

でも、これは闘気修練ではないのですよ。

「う〜ん。小笠原1尉、この質問については答えてよろしいのでしょうか？」

「特に問題はないと思いますけれど？」

そっか、そういわれると答えるしかないかぁ。

「私の胸って、それほど大きくはないですよ、むしろ標準サイズを維持していますけれど……これって、魔力が蓄積されているのですよ」

「「「「「え？」」」」」

ほら、事務員の皆さんがきょとんとした顔になっていますよ。

そりゃあ無理もありませんよね、女性の胸の中には脂肪や乳腺などが詰まっている、これが真実です。

でも、あっちの世界の魔法協会の常識としては、『おっぱいには魔力が蓄積されている』という逸話もあるそうです。

だからといってそれが真実ではないのですけれど、そういう傾向にはあるそうです。

「あくまでも、この件については異世界の魔法協会の定説の一つでしかありません。そもそも、魔力の大きさと胸のサイズが比例するのでしたら、私のサイズはZカップです」

そんな存在がいるとは思えませんが、二十万という膨大な魔力を持つ私のサイズは、それ以外の人と比較するとそれぐらいのサイズになっていてもおかしくはありませんから。

だから、定説の一つ、いいですね皆さん。

「つまり、私も魔法に目覚めたら巨乳になれる？」

「むしろ、私のサイズなら魔法使いになれる素養があるっていうこと？」

「如月3曹、私たちの魔力を測ってください！　そうすれば、さっきの定説が本当であるかどうかはっきりとわかるはずです」

「えええ……マジですかぁ」

これはおさまりが付きそうにありません。

ということは、小笠原1尉に判断を委ねることにしましょう。

なんでしょうか、この女子高みたいなノリは、実に懐かしいですよ。

「小笠原1尉、私では判断が付きません」

「如月3曹、魔力による彼女たちの鑑定を許可します。これは魔術特措法に基づく、魔法の行使として許可します」

マジですか。

まあ、許可が出るのでしたら構いませんし、そもそも魔法を使うのは大好きですから。

「はぁ、それじゃあみなさん、一列に並んで並んで～」

そのまま一人ずつ、順番に魔力測定を開始。

そして出た結論が、ちょっと意外なものでした。

「へぇ……ここの事務員の皆さんの平均魔力適性値は〇・四八三ですか。うん、あっちの現地《コモン》の方々の平均値よりも高めですね。しかも小笠原1尉は〇・七九三、あと少しで魔法使いですよ」

一人ずつに説明をしますと、皆さんなにやら考えているようです。

まあ、これも一つの指標ですよ、うんうん。

「なるほど、魔力については理解できました。それでですね、闘気による美肌についてですが」

ああっ、そっちの話に戻しますか。

「ああっ、話が戻ったぁ……小笠原1尉、これってどうすればよいですか？」

「そうね、無理ないレベルで闘気を教えてあげるとかは構わないのでは？ さっきの話ですと、貴族のご婦人たちには、無理な訓練を行ったわけではないのですよね？」

「まあ、ブレンダー流美肌活性術というのもありま……って、いまのなしです、はい」

迂闊！

というか小笠原1尉の誘導尋問に引っかかった感じです。

え、尋問じゃない？ いいんですよ、細かいことは。

「では、そのブレンダー流美肌術とやらを、御教授するとよいかと」

「はぁ、では、昼休みにでも……ということで、仕事に戻りましょう」

ああっ、迂闊な自分を殴ってやりたいけれど。

うん、美を求める女性の心って、現代世界も異世界も変わらないのですよねぇ。

○　○　○　○　○

そして一旦休憩を挟んだのちに仕事を再開。

午前中の訓練が無い日は、一日中デスクワークとなるので大変なのですよ。

「先ほど、総務部の方と話をしていたのですが。例の闘気修練の話、他国では異邦人《フォーリナー》の恩恵を受けて様々な効果が出ているっていう噂もあるそうです。それと……聖女ヨハンナもバチカン市国に一時帰省したそうで、あちらとしては是非とも改宗して欲しくて必死だそうですよ。国際異邦人機関の日本支部に、かなり打診が届いているらしいですから」

「あ〜、ヨハンナの使う『神の奇跡』ですか。あれは改宗したら使えなくなりますよ、そのものずばり、神の奇跡なのですから」

「ふうん。神様って、本当にいるのねぇ。まあ、この日本にもさまざまな神様がいますから……と、如月3曹は、神様の存在は信じているのかしら？」

異世界帰りの異邦人《フォーリナー》に、そのような愚問を。

いるに決まっているじゃないですか。

そもそも、その力が無くては異世界なんていけないのですからね。

「当然、信じていますよ。ちなみに以前の私は、神様の存在なんてここ一番の神頼み程度、適当に信じていた程度でしたけれど。あっちの世界に行くときに本物の神様に直接会って話をしていますし、その時に神様は存在するって理解しましたから。今でも多分、私たちを見守っていますよ？」

「そ、そうなの？　神様に会ったことがあるって話していたけれど、それって異世界に行くときだけよね？」

「いやだなぁ、小笠原1尉」

思わず笑いそうになりますよ。

「そ、そうよね？　さすがにしょっちゅう会うなんてことはないのよね？」

「会ったところか、お茶もご馳走になりましたよ。そもそもですよ、さっきも話した通り私の異世界転移は、神様に召喚されたのですからね」

「……それじゃあ、聖女ヨハンナの奇跡が本物っていうのも信じざるを得ませんね。あれはてっきり、そういう魔法だという見解もあるそうですから」

「本物本物。ヨハンナの持つ加護は、至高神ゲネシスさまのものですから。創造神とか、そういう感じ。だから、この世界でも最強の神様の加護ですよ」

これ以上の説明は、地球上の宗教問題にまで発展する恐れがあるので硬く口を閉ざすことにします。

そんな話を淡々と説明しつつ、総務部に持っていく書類を仕上げます。

「それでは、総務部に書類を提出したのち、お昼に入ります」

「はい、ご苦労さまです」

——カラーンカラーン
ちょうどお昼の放送が流れます。

という事で、とっとと総務部に書類を納めることにしましょう。

そして書類を納めたあとは、中庭でブレンダー流美肌術の講習会ですか。

はあ、これは毎日続けることが大切ですので、どれだけの事務員の方が美肌を得ることができるのでしょうか。

なお、自衛隊駐屯地内での極秘情報扱いであるため、ブレンダー流美肌術についても門外不出です。

幸いなことに、自衛隊敷地内を無断で撮影するようなマスコミ関係者もいないので、のびのびと訓練することができましたよ。

ちなみにですが、午後一番で北部方面隊総監部に出頭を命じられ、ブレンダー流美肌術についていろいろと問い詰められましたよ、畠山陸将に。

その結果……ブレンダー流美肌術については北部方面隊札幌駐屯地内でのみ行使を許可とし、月に一度、定期的に希望する事務官および自衛隊員にレクチャーするようにというお墨付きを頂きました。

○　○　○　○　○

新宿地下迷宮から転移した魔王アンドレスを始めとした四天王の三人は、とある砂漠に作られた巨大な塔へと戻って来ていた。

そこはかつて、人間が神へと至るために作り出した巨大な塔があったと伝えられている地、メソポタミア。

魔王軍はその砂漠の一角に位相空間を展開し、巨大な塔を建造していた。

砂嵐吹きすさぶ砂漠地帯ゆえ、普段は人が訪れることもない土地。

さらに古代メソポタミアの伝説のひとつ、『バベルの塔』が存在したという伝承もある土地ゆえ、魔王軍にとっては活動拠点として都合がよい土地であった。

この塔に近寄る者が無いようにと、不死王リビングテイラーは塔を中心とした直径一キロメートルの範囲の天候を操作し、つねに砂嵐が吹きすさぶ土地を作り出していた。

そして如月弥生ら勇者たちがこの塔に近寄ることがないように、塔の存在自体を『認識の枠外』へとシフトする結界で包み込んだ後は、錬金術師ヤンの手により位相空間内部に塔を中心とした城塞都市を形成。

そののち、謀略のコデックスが持ち込んだ植物を植え、城塞都市周辺を新たな魔王国とすべく基盤を形成。もっとも、コデックス自体は、この城塞都市の環境変化が認められた時点で、次の計画へとシフト、この位相空間から転移してどこかへと飛び去って行った。

魔王の新たな拠点は位相空間に作り出されただけでなく、その地点に近づく者たちから、一切の違和感すら奪い去ったのである。

それゆえ、如月たち異邦人が現地にやって来たとしても、何一つ感知されることはないのだという。


………

……

……


「……それで、次の計画はどうするのだ？」

玉座の間にて、魔王アンドレスは集まっている二人の四天王に問いかける。

この地球を支配する橋頭保の一つと考えていた、新宿地下迷宮は憎き『空帝ハニー』の手により崩壊。

しかも、この地球に存在している勇者たちと連絡が取れるような環境まで作り出しているという。

「問題は、どのような作戦で地球という世界を支配するか。幸いなことに、この世界は魔法については後進国どころか、まったくといっていいほど知識を持ちません。そのような世界だからこそ、我々には勝つための手が豊富にあるという事です」

ヤンの言葉に一理あるものの、それでも不安の芽が摘み取れない。

「しかし、我らにとって憎き勇者たちが存在しているというのも事実だが」

「それについてですが。こちらにあるコデックスの報告書によりますと、勇者たちの大半は、自由に活動することができません」

リビングテイラーはそう進言したのち、手にした報告書の一部を読み始める。

「勇者スティーブと大魔導師キサラギの二名は国家という枷によって縛られています。我らがどこで何をしようと、その国家の枷がある限り、彼らは自由に活動することは不可能。重騎士スマングルもまた、国に仕えているという意味では先の二人と同じ。唯一、聖女ヨハンナのフットワークは軽いものの、かの存在も『弱者救済』という名目で活動を行っており、積極的に我らの計画を阻むものは存在しません……とのことです」

リビングテイラーの言葉に、アンドレスもにぃっと笑みを浮かべる。

尤も、この王城にいるのはサモエドとドワーフラビット、そしてミイラという姿の三人であり、見方によっては実に滑稽な感じである。

「ふんふん。それは面白いことになっているな。では、我らは奴らのことなど気にする必要もなく、計画を極秘裏に進められるということだな」

「はい。それで私からの提案ですが。魔王様にはこの地にて召喚術式を用いてもらい、わが眷属たちをこの地に召喚するのがよいでしょう。不死王リビングテイラーは魔導師故、この世界に存在する魔力の根幹を探し出し、そこから力を取り出す術を探していただきたい。私は錬金術にて、即応できる部下を生み出してごらんにいれます」

うやうやしく告げるヤン。

その計画については、アンドレスもリビングテイラーも反対意見はない。

「それで、コデックスはなにをしているのだ?」

「今回の計画の肝は、地球に住む者たちが魔法を使えないこと、そして我らの脅威となる魔導師がキサラギしか存在しないこと。ということで、コデックスはキサラギの監視を行い、奴の行動を直接阻害するように動いているという事です」

そして、第1空挺団魔導編隊の行動を逐一報告し、奴ら勇者たちの邪魔が入らないように先手を打てるようにしておく。

謀略のコデックス、その二つ名の通り、彼はすでに暗躍を開始している。

「さすがだな……では、我も切り札を一つ、増やすとしようか」

「切り札、ですか? それはいったいどのようなもので?」

ヤンが問いかけると、アンドレアスはニイッと笑みを浮かべる。

その口元から覗く犬歯が不気味な雰囲気を……というほど不気味ではなく、むしろ愛らしく見えてしまうのはさておくとして。

「空位である四天王第四席を召喚する」

そのアンドレスの言葉には、リビングテイラーとヤンも絶句する。

そもそも第四席である空帝竜ジャバウォーキーは大魔導師キサラギにより屠られている。

しかも魔族の心臓とも呼べる魔人核を奪われ、挙句にその躯は永久牢獄に封じられてしまっているのである。

「魔王さま……お言葉ですが、すでにジャバウォーキーはこの世に存在しておりませぬ」

「それに、有象無象の雑兵程度に四天王は務まりません。どのようなものを、四天王に据えるおつもりでしょうか」

ヤンが、リビングテイラーが苦言を呈するが、アンドレスはそれらの言葉の真意を噛みしめつつも、頷き続けている。

「心当たりはある。ただ、彼女を呼び出すためには、膨大な魔力を必要とする……あの忌々しい糞女神の結界をぶち破り、異界から召喚するのだからな……」

神々の作りし世界は、全てにおいてその世界を創造した神によって結界が施されている。

それは並行する多元宇宙からの侵略者がやってこないように施されたものであるが、それとて万能ではない。

定められた手順により、多元宇宙に存在する並行世界は繋がりを持つ。

それが『勇者召喚』であり、そしてアンドレスの用いる『竜種召喚』である。

だが、今回のアンドレスの用いようとしている術式は、『勇者召喚術式』。

それも、召喚対象を特定した極致的な高等術式である。

「では、我らは魔王さまの決定に従うまで」

「我らは我らの務めを果たしましょうぞ」

膝をつき頭を下げるヤンとリビングテイラー。

そして二人は立ちあがり、それぞれの使命を果たすべく、王座の間をあとにする。

——ジャラッ
そして四天王が退室したのを確認すると、アンドレスは懐から懐中時計を取り出して時間を確認。

「……ふむ、いいころ合いだな。では、私も戻るとするか」

そう呟いてから、魔王アンドレスは足元に魔法陣を展開。

そして吸い込まれるように姿が変えていくと、玉座の間には誰一人存在しなくなっていた。

○○○○○

錬金術師ヤンは考えた。

どうすれば、この地球を魔族の支配領域とすることができるのか。

錬金術師でありゴーレムマスターであるヤンにとって、この地球という世界は実に懐かしく、そして忌々しいものである。

中国出身のアクションスターであった時代も、それほど売れていたというわけではなく。

むしろ、生活するために香港マフィアの用心棒まがいのことを行ったり、地下闘技場でいかさままがいのバトルを繰り広げたり。

そんな生活を送ったあげく、流れ流れてたどり着いたのがマフィアの鉄砲玉扱い。

捨て駒扱いされて罠に嵌められ、薄汚い裏路地で心臓を撃ち抜かれて死亡。

二十三歳という若さで、この世を去っていた。

そして意識が戻ったとき、ヤンはごっつい肉体を持つドワーフに生まれ変わっていた。

そのあとのことについては割愛するものの、錬金術師としての才覚をメキメキと現し、禁忌ともいえる生体実験を繰り返す日々に溺れていく。

そして気が付いた時には、魔王軍に重用されて彼の持つ知識を思う存分に発揮していたという。

「さて。それじゃあ、簡単な実験でも始めますか」

自身の体細胞を増殖し、新たなキマイラを生み出す。

生物の体内には、必ず存在する魔力。

あっちの世界では当たり前に含まれるものであるが、こっちの世界では異物。

それに、ヤンは特殊な術式により増殖細胞と行動プロクラムを付与し、まったく新種のキマイラ細胞を作り出していたのである。

「試作二十三番、水棲生物多様型増殖細胞……と。これを海洋にばら撒いて、どのような反応がでるのか楽しみですねぇ……」

クックックッとほくそ笑むヤン。

そして数日後には、ヤンは増殖したキマイラ細胞を手に、大海上空へと転移する。

そこで大量の細胞をばらまき、地球産のキマイラを生み出すために。

そして、それらに対して、地球の軍隊がどのような活動と対策を行うのか、それを観察するために。

○　○　○　○　○

——とある大海にて

それは、小さな生命体であった。

食物連鎖の最底辺、海を漂うだけの存在。

数多くの仲間たちが、日々糧として命を奪われていく。

いつかは、自分にもそのような死が訪れる。

そう考えつつ、ただ、なにも出来ず大海を漂っていた。

そう。

彼は、知性を持ってしまった。

それは偶然？

それは必然？

ただの甲殻類の幼体でしかなかった彼は、ヤンのばら撒いたキマイラ細胞の一つに付着し、それを取り込み、喰らっていたのである。

そして、彼はゆっくりと進化を始める。

ほんの極小だった甲殻類は、ヤンの撒いたキマイラ細胞を次々と取り込み、急速に成長を開始。

周囲のプランクトンを取り込み成長し、さらには同胞であった動物プランクトンをも取り込んでいく。彼は取り込むほどに成長し、そして取り込んだものの能力を得ていった。

やがて小魚にとりつき体内から同化を始めると、彼は加速的に成長を続けていった。

206

そして……彼はさらなる獲物を求めて、自分の頭上を進む巨大な船舶に目を付ける。

『あれは……糧』

ゆっくりと泳ぎ、船底近くへとたどり着く。

それは日本の遠洋漁船であり、大勢の漁師や船員が住む一つの空間。

その船底にコバンザメのようにへばりつくと、『甲殻類だった魚体』は、ゆっくりと浸食を開始。

体液により金属を溶かし取り込み、船の内部に侵入を始める。

本能的が告げたのか定かではないが、彼は船が沈むのを恐れた。

それは生存本能の一つ、獲物を生きたまま喰らうため。

死んだものを喰らったところで、得られる力は少ない。

それなら、生きたまま喰らえばいい。

穴の開いた船底は彼の体液により閉じられ、彼は船内に飛び込むことに成功した。

そして、彼は活動を開始する。

最初は船内を自由に散策するため、魚体から甲殻類の姿に形状を変化。

そして船内の巡回点検を行っている船員に背後から忍び寄ると、一瞬で船員の首を切断。

そのまま甲殻であった体を粘液状に変化させると、スライムのように死体を体内に取り込み、そして消化を始める。

——ジュルッ……ジュルッ
それは、彼が食べた初めての触感。

人間の脳を喰らい、そこから知識を吸収する。

だが、たった一人の脳を取り込んだ程度では、彼の知識は子供一人分の知識にも及ぶことは無い。

だから、彼は船倉の隙間、船体構造物の空間に体を滑り込ませると、再び次の獲物が近寄るのを待っていた。

次々と喰らう、それは駄目である。

一人ずつ、ゆっくりと。

すべてを食べてはいけない、数人は生かしておくべき。

そう考えつつ、数日かけて一人、また一人と吸収する。

四人目を喰らったあたりで状況は変化し、行方不明者がよくある海中転落事故で姿を消したのではないという噂が船内に漂い始めた。

一人目の行方不明以降、彼が乗り込んでいる遠洋漁船は行方不明者の捜索を開始していた。

海中転落事故として処理されたものの、それが二人目、三人目と立て続けに起きたという異常事態は、この行方不明事故について人為的なものであると船長は判断。

急遽、操業は中止となり、海上保安庁へ連絡が行われた。


………

……

…


このままでは、人間を喰らい続けることができない。

そう理解した彼は、次の手を講じ始める。

生き物は隔離し、そののち船は動かないようにすればいい。

その日の夜。

彼は船体をゆっくりと浸食し、やがて船全体を真っ二つに破壊すると、その残骸を取り込んだ。

船倉部分に人間たちの一部を閉じ込め、彼は『船体』という新たな体を得て、大海原を疾走した。

より強い力がほしい。

より大量の人間を喰らいたい。

そう考えた彼は、次に力を求めた。

取り込んだ船員の脳から引き出した記憶、それによると、今、彼のいる海洋付近は、過去に大きな戦争があった。

そして大量の船舶が沈んでいるという知識を得ると、彼は海底に向かって沈み始めた。

そこに、大量の『力』が沈んでいることに気が付いたから。

そして力を得るたびに、彼は少しずつ自我を失っていく。

取り込んだ遺物の持つ記憶が、そこに閉じ込められている魂が、彼をより強固な化け物へと変容させ始めたから。

……………

……

…


ヤンは考える。

今現在、自分の垂直下にて蠢いている異形の化け物、それが自分の作り出したキマイラ細胞の成れの果てであることを理解した。

だが、このような異常進化は全くの想定外であり、ヤンが施した隷属術式すら、すでに効果は発揮されていなかったから。

「これは参りましたねぇ……まさか、私の投下したキマイラ細胞、その全てを一つの個体が取り込んでしまうとは、思ってもいませんでしたよ……」

予定ならば、もう少し力の弱い個体が大量に出現していたはず。

だが、それらをすべて取り込み、強力な一個体として進化してしまった化け物が、優雅に潜航しているのである。

彼は、まだ力を欲している。

だが、折角蓄えた知識は金属組織を取り込み薄れていき、当初の、本能のままに活動する魔物へと変貌してしまっていた。

「……まあ、これも一つの実験成果でしょう……さて、このような化け物が徘徊する海、勇者共が知ったら、どう対処するでしょうねぇ……」

そう考えつつ、まるで眼下のキマイラなど関心が無いかのようなそぶりをすると、ヤンはその場から転移した。

彼にとって、最初にばら撒いたキマイラ細胞など、すでに廃棄物に等しかった。

これらのデータをもとに、次の実験を進めるだけ。

この海洋での実験の成果は理解した。

⋯⋯⋯⋯

⋯⋯⋯⋯

⋯⋯⋯⋯

どれぐらいの時間が経過しただろう。

すでに何隻の艦艇、船舶を取り込んできたかはわからない。

体内に生きたまま捉えている人間にも、もう興味は無くなっている。

もっと力が欲しい。

より強力な力を得て、さらなる進化を遂げたい。

その本能のまま、彼は海底付近をゆっくりと進む。

体内の人間たちは、ただの娯楽の一つ。

時折聞こえる悲鳴が、嗚咽が、彼にはたまらなく気持ちが良かった。

それを殺さないようにと、時折海上に姿を現しては空気を取り込み、彼らの食べられそうな魚介類を喰らい、そ

れを与える。

そして再び力を求めるために、彼は深海へと身を躍らせた。

そしてある日。

彼は発見した。

かつて、ソビエトと呼ばれていた大国が保有していた一隻の潜水艦。

210

第六一一号計画として建造されたズールー型潜水艦、その船体か、海底深くに横たわっている。

実験艦として配備されたものの、事故により浮上することなく、海底でその生涯を終えた『記録上存在しない』潜水艦。

彼は、それを見つけた時、内心ほくそ笑んだ。

彼の知らない力が存在する。

とてつもない強力な力を感じる。

それならば、喰らうしかない。

そう考え、彼はゆっくりと潜水艦へと向かっていった。

その実験艦が、Ｐ１１型ミサイルというものを実験配備していたこと、その弾頭部分には『あってはならないもの』が搭載されていたことなど、彼は知る由もなかった……。


そしてそれを取り込んだ時。

彼は……自我を失った。

第二巻へ続く

書籍版特典ＳＳ

第１空挺団の日常／魔王アンドレスの華麗なる生活

第1空挺団の日常

――とある日の、北海道北部方面隊札幌駐屯地

陸上自衛隊第1空挺団、魔導編隊の業務。

まず、午前中は第1空挺団としての訓練です。

この札幌駐屯地には降下訓練用の鉄塔がないため、普段は真駒内駐屯地に移動して、グラウンドでの体力作りだったり、射撃訓練だったりと、とにかく基礎的な訓練が多いのですよ。

真駒内駐屯地には空挺候補生も所属しているため、彼らに混ざって訓練を行うのがほぼ日課なのですが。

私についてくるだけの体力を持っている隊員はほとんどいないので、ほぼ私が彼らの訓練を見るという状況になりつつあるのですけれど。

みな、一人前の第1空挺団となり、レンジャー徽章と空挺徽章を得るべく、過酷な訓練に勤しんでいます。

ちなみに私が所持している自衛隊の徽章は陸上自衛隊の『レンジャー徽章』『空挺徽章』『体力徽章』『航空徽章』の四つです。どうして航空徽章を所持しているかというと、『魔導兵装による飛行許可を得るための特例措置』ということで、『過酷な訓練課程を経て航空徽章が取れたなら、好き勝手に飛ばせてやるぜ』みたいなことを言われたので、取りましたよ。三重県にある陸上自衛隊航空学校と山口県の小月教育航空群に、短期間ですが所属しましたから。

あ、ちなみにですが私たちが付けている『徽章』、漢字では『徽章』と書くそうなのですが、これは常用漢字ではないため、一般的には『き章』と表示するそうです。

まあ、そういうことで。

そんなこんなで、午前中の訓練を終えて、私は昼食後に魔導編隊隊舎に移動。

いつもの書類仕事ですよ、ええ。

久しぶりに鉄塔からダイブしたいところですから、今度、習志野駐屯地への出向手続きを取って、訓練に参加したいとおもいますが。

「そういえば、如月三曹のステータスとかスキルって、どういうかんじなのですか？」

これは、うちの隊舎の一般事務職の女性の質問。

うん、そういえば、私が地球に戻って来てから、それらについての簡単な報告書は国際異邦人機関に提出したはずなのですが。

やっぱり、表にでるようなものではないようで。

ちなみに秘密にするようにも言われていないので、簡単に説明することはできます。

「ステータスっていうか、鑑定魔法で相手の身体能力を測定することはできますよ。簡単に言うと筋密度や骨密度、肉体のエネルギー転換効率などなど、様々なデータを魔法で瞬時に測定し、それを数値化してステータスとして表示することは可能です。ただ、なんというか……」

この人間の様々なデータを数値化することについても、様々な説がありまして。

『そんな簡単な数値化では人の持つ可能性は表示しきれない』、とか、『その魔法は間違っている。俺のステータスはもっと高いはずだ』とか、とにかく、表示された数値を信用しない人たちがいたというのも事実。

ということで、対人鑑定については、ステータスの測定結果は『望まれない限りは公表せず』というのが魔法協会からのお達しとして流布されました。

これらのことを淡々と説明すると、流石は自衛隊の一般事務員さん、ご理解いただけましたよ。

「なるほど……魔力測定とかも、その延長で表向きは公表しないのですよね」

「はい。魔導編隊入隊試験として、魔力測定器を用いた潜在的魔力値を測ることはありますが。それだって、表向きの公表はされませんよ、すべて極秘資料として保管されますので」

まあ、今現在、もっとも潜在魔力値が高いのは小笠原一尉なのですけれどね。

「それじゃあ、スキルについては？　ほら、異世界系の小説であるじゃない？　あなたの持っているスキルはこれだぁって表示されるやつ」

「あ、それはあるにはありますが……う～ん、どう説明したらいいのでしょうかねぇ」

スキルという概念はあったのですけれど。

それって【適性】であって、実際にそのスキルを身に付けることができるかどうかは、その人の努力次第なんですよ。

例えば、私が初めて異世界に行ったとき、王宮の鑑定鏡によりスキル適性が

【魔術全般SS（神聖・精霊を除く）、闘気S】


という評価を頂きました。

これはすぐに魔法や闘気が使えるというのではなく、修行や勉強を続けることで、それらを身に付けることができるというものであり、なおかつ、それらについては習熟速度が速いということだそうです。

つまり適性とは、技術・知識を身に付けやすいかどうか、そのキャパシティはどれだけあるのか。

この二つを表すものでして。

普通に生きている人たちだって、生活環境によってこの適性は大きく変化します。

だから、スキルを一言で表すとすれば。


【どの人も無限の可能性は秘めている、ただし適性があればより飛躍できる】


というのがスキルなのでしょう。

ちなみに漫画や小説のように、その人の持つスキルを鑑定して表示することはできますよ。

ただ、それってつまりは地球でいう『身分証明書』や『運転免許証』のようなものであり、『私はこれこれこういう技術を身に付けています』『私は二織の魔法を修めている魔法訓練生です』というような感じで、自分の技能を表

現するためのもの。

ちなみに私がお世話になっていた王国では、『組合《ギルド》』が発行する身分証の裏に表示してもらうことができます。

これについて嘘偽りは表示されないので、仕事を斡旋するという点では信頼性が高いものでした。

なお、神の加護を得た異世界転移者や転生者は、破格といってよいレベルの習熟速度とキャパシティを持っているそうですよ。

「……とまあ、こんな感じですよねぇ。ちなみに私が所持しているのは『魔法協会』の身分証と『冒険者組合』の高位冒険者証の二つだけですね。『狩人組合』や『博識学会』といったところのものは持っていませんでしたので」

「あれ、冒険者と狩人って別物なのですか？」

「ええ、それについては、スティーブも最初は不思議に思っていましたね」

『狩人協会』には、素材や食用となる動植物を専門に狩り、商業ギルドに納品している人たちが登録しています。

かたや『冒険者組合』は、遺跡やダンジョンの調査・探求が主な仕事。同時に、魔素により魔物化した魔獣の討伐任務なども行っています。

参考までに付け加えますと、『博識学会』は世界中に存在する様々な事象・伝承などを研究し、定期的に公表・保存している知識の探究者の集まりです。遺跡や迷宮調査の依頼については、彼らからのものが多く、時には同行することもあるとかで。

「……うん、冒険者ギルドって名前じゃないのね」

「まあ、職業と組合については、かなり細分化されていて、それぞれがしっかりとした義務と権利を有していますからね。その辺については、地球の職業のように細分化されているようなものだって考えてみるといいですよ」

「それじゃあさ、異世界にもアルバイトってあるの？」

あ〜。

アルバイトですかぁ。

「あるにはありますが。日本で言うアルバイトというよりも、何でも屋っていう感じですよね。あちこちの組合に出入りしている商人がいまして、まあ、『人材あっせん業』のようなものですよ。雑用や簡単な仕事を斡旋している方たちでして、小遣い欲しさに子供たちが出入りしたり、ちょっと日銭を稼いで飲みに行ったりとか、そんな人たちが多く集まっている場所があったのですよ」

「……それって、いわゆる冒険者ギルドですよね？」

「ちょっと違うのですよ。まあ、斡旋している仕事がもっと細かかったり、簡単だったりしますし。まあ、小説の世界でいう冒険者ギルドは、私のいた世界の様々な職能組合が一つにまとまったようなものなのでしょうね」

あ、あちこちから『夢が無い』だの『なんでも屋じゃないですか』とか、不平不満の声がちらほら聞こえてきましたよ。その通りです!!　否定なんてしませんよ。

「ちなみにですけれど、斡旋所の建物の中には酒場が併設されていて、仕事で稼いだお金で飲み明かしたりする人もいましたよ」

「やっぱり、何でも屋じゃないですかぁ……」

「え～、解釈の違いだけですよ」

そんなことを説明していると、小笠原1尉がパンパンと手を叩きました。

「そろそろおしゃべりは終わらせて、仕事に集中しましょうか。いくら魔導編隊としての仕事は他の部署よりも暇とはいえ、まったく事務仕事がないわけではありませんからね」

「はーい」

さて、それじゃあ私も仕事に集中しましょう。

○○○○○

――某日・習志野駐屯地第1空挺団
本日は、習志野駐屯地および第1空挺団の創立記念日ということで、駐屯地が一般開放されています。

この日は大勢の市民やミリタリーマニア、自衛隊ＯＢの来場もあるということで、自衛隊員は緊張に包まれています。

本日は晴天、私の所属している第1空挺団は観閲行進や降下訓練などを行い、日ごろの訓練成果を公開するということになっているそうです。

ちなみにそれらについては、全て私、もとい魔導編隊以外のスケジュールです。

そして私たち魔導編隊はといいますと。

「如月三曹、場内飛行準備を!!」

「はっ!!」

私は、十一時、十三時、十五時の三回、魔法の絨毯による場内飛行を行います。

しかもですよ、事前予約と抽選により選ばれた人は魔法の絨毯に乗ることができるという、とんでもないイベントも行われるのです。

これも市民に触れるいい機会であるということだと、近藤陸将補は力説していました。

つまりは、私という魔導師の存在をアピールしつつ、市民にその一端でも触れて欲しいということだそうで。

受付は空挺候補生の1士や2士が担当し、私は昇降台の横に魔法の絨毯を浮かべて、いつでも飛び出せるように準備しています。

「如月三曹!!　抽選に当選した方がこれなくなったとかで、代理の方がいらっしゃったのですが」

はい、これも想定済み。

なにぶん、魔法の絨毯に乗って空を飛ぶなんていうイベントを、あの『転売ヤー』たちが親指を咥えて見ているなんてことはありません。

当然ながら、当選はがきがネットオークションに出品されていましたし、最高落札額は百万円を超えていましたからねぇ。

「はい、はがきに記されている通り、当日の代理人は認められていません。当選者にのみ搭乗権利が存在し、譲渡・転売は認められていませんと明記されている旨をお伝えください」

「了解です」

うんうん、この後はゴネて、責任者を出せとか言ってくるのでしょうか。

まあ、それならそれで、こっちとしても対処方法はいくらでもあります。

当選者に送られるはがきを提示し、身分を証明できるものがなくては搭乗許可なんてだせませんよ。

そうホームページや近隣町内会の告知に書いてあったのですけれど、それを見ていないか、もしくはだめ元でやって来たようですよ。

「如月三曹、はがきを提示した方が、責任者を出せと」

「はい、私が向かいます」

そう告げて、受付に向かいますと。

三十歳ほどの男性が一人、腕を組んでイライラしています。

「私が魔導具飛行体験コーナー責任者の如月です。お客様のはがきと身分証明を提示してください」

私がそう告げますと、腕を組んでいる男性がチッ、と舌打ちしてはがきだけを提示しました。

「あ～、すまないけれど、身分証なんて持って来ていないんだわぁ」

「なるほど了解しました。では、残念ですが体験会には参加できませんので、お引き取りをお願いします」

淡々と説明しますと、男性は真っ赤な顔で激昂しだしましたよ。

「ちょっと待てよ、わざわざこのためにここまで来たっていうのに、身分証がないっていうだけで乗れないっていうのはおかしいんじゃないか？　あんたら自衛官はさ、俺たちが税金で養っているようなものじゃないか。もっと市民にサービスしてもいいんじゃないか？」

「いいえ、私たちは国から正式に給料を頂いておりますので、貴方に養われた記憶はありません。ちなみに、どちらからいらっしゃいましたか？」

そう説明しつつ、後ろ手に構えた右手だけで高速で印を組みます。

そして言葉に魔力を乗せて、やや穏やかに語り掛けました。

これは一織の魔術の一つ、平穏の祝詞《ビースメーカー》というもの。

感情があらぶっていたり、意気消沈している人物に対して、魔力のこもった言葉で語りかけることで心を穏やかにする術式です。

そして魔法の効果があったのか、男性も表情から角が取れたようになりました。

「あ、あ、ああ……横浜から、車で来たんだわ」

「なるほど、それでは免許証の提示をお願いします。それで身分は確認できますので。それでもし、はがきに提示されている記述と異なった場合、体験会に参加する資格を失いますので、ご了承ください」

「お、おう……ほらよ」

先ほどまでとは違い、あっさりと免許証を提示してくれました。

ですが予想通り、はがきに記されている名義と免許証では異なります。

はい、アウトォォォォォ。

「……確認しました。残念ですが、体験会の権利についての譲渡は行えませんので、体験会にはご参加いただけません。本日は創立記念日にお越しいただき、ありがとうございました」

「そ、そうか……いや、わかったわ……」

はい、男性は免許証をしまってから、申し訳なさそうに撤退。

そして受付は再開し、私はこの場から離れますよ。

魔法の絨毯を置きっぱなしにしていましたから。

「……さて、もうそろそろ時間ですか。十一時の部は四人一組×五回で、合計二十人でしたよね」

「はい。それではよろしくお願いいたします」

それでは、さっそく一回目のフライトといきましょう。

土足は厳禁ですよ、ちゃんとお渡しした靴袋に靴をしまってくださいね。

絨毯の最前列には私が乗りますので、皆さんは二列に並んで座ってください。

正座でも胡坐でも構いません、脚は崩していいですよ。

席にあたる部分に座布団が並べてありますので、そちらをお使いください。

一つ一つ丁寧に説明しつつ、ようやく一回目のフライトを開始。

「それでは。七織の魔導師が誓願します。我が魔導具に落下防止の加護を授けたまえ……我はその代償に、魔力百二十を献上します……」

まずは魔法の絨毯を結界で包み込み、乗客が端まで転がっていっても落下しないように結界を施します。

あとはゆっくりと高度を上げて、高さ五メートルまで到達したら、水平移動開始。

「本日は、習志野駐屯地・第1空挺団創立記念日にお越しいただきありがとうございます……」

事前練習したアナウンスを淡々と読み上げつつ、私は魔法の絨毯で基地内をゆっくりと移動。

眼下では、やはり魔法で飛んでいるのが珍しいのか、子供たちや興味津々な大人たちが後ろからついてきて……もとい、走って来ますよ。

「……ということで、ここから先はとくに説明はありませんので。魔法の絨毯からの写真撮影なども許可されておりますので、よろしければどうぞ」

これでガイドはおしまい、あとは飛行に全力投球なのですが。

「こ、この魔法の絨毯って、どこで買えますか！」

うん、想定内の質問です。

「売っていませんねぇ」

「自衛隊に入ったら、これがもらえますか？」

「これは私個人の備品ですからねぇ、作戦行動では貸与されますが」

「これ、作れますか？」

「私は作れますけれど、秘匿情報ですねぇ」

「発注したら、作って貰えますか？」

ん？　発注ですか？

その質問は想定外でしたので、腕を組んで考え込んでしまいますよ。

でも、飛行許可は取れないでしょうから。

「航空法上の飛行許可が取れなくては、日本の空は飛べませんねぇ。まあ、作ることは可能……だったかな？」

ものは試しにと、アイテムボックス内に納めている素材を確認。

まあ、絨毯については、うちの実家の近所にあるニトリで買ってくればいいし、魔力回路を構築するためのミスリルと魔石についても予備はあります。

これはいけるのか？　あとで近藤陸将補に確認を取らないといけない案件ですよね。

「作成については、ちょっと防衛省上層部に確認しなくてはなりませんので、今の時点ではなんとも」

駄目とは言わない、でも事実上不可能に近い。

そもそもミスリルや魔石は希少素材なので、なにか代用品を探す必要があるかもしれませんね。

ああっ、こういう時に『博識学会』に所属していればよかったと、後悔してしまいますよ。

今度、トラペスティの耳飾りに尋ねてみることにしましょうか。

そんなことを考えつつ、一周回ってスタート地点へ。

魔法の絨毯から降りるのは降車とはいいませんけれど、まあ、そういうことで。

最後は記念品をお渡しして、簡単な記念撮影。

そして再びやってくる、次のお客さん。

結構気を使う仕事ですよ、他の隊員のような降下訓練とか観閲行進の方が、絶対に楽ですよね？

うわぁ、ババ引いた感じですわぁ。

近藤陸将補に、騙されたぁぁぁぁぁぁぁぁ。

魔王アンドレスの華麗なる生活

異世界アルムフレイア、ガスタルト帝国・帝城ジャガーノーヴァ。

広大な大陸のほぼ八割を支配領域とした魔王率いるガスタルト帝国軍は、大陸に住まう人類最後の砦と呼ばれている南方四王国に対してついに大侵攻を開始。

破竹の勢いで快進撃を続けていたものの、突如現れた勇者軍により戦局は大きく敗勢へと傾いてしまう。

勇者と戦神の加護を得た四王国連合軍はやがて、ガスタルト帝国の帝都に到達。

だが、幾重もの結界により護られている巨大な城門を突破することができず……。

「七織の魔導師が誓願します。我が手の前に五織の破壊の雷を与えたまえ……我はその代償に、魔力二万五千を献上しますっ、術式破壊《ディスペル》っっっっ」

——バッギィイイイイン
訂正。勇者の一人、空帝ハニーこと如月弥生の術式により、城門に施された結界が破壊される。

だが、その巨大な城門を外部から無理やり開けるのは至難の業であり……。

「大地の精霊よ……かのものより加護を奪い、元の姿へと還してくれ……大地讃頌っっ」

——ドッゴォォォォッ
訂正。城門を構築していた千年大樹製の門が、城壁を構築していた暁の大地より削り出されたルーンストーンが、スマングルの唱えた精霊魔術により音もなく振動し、砂礫へと姿を変えていった。

それまで城門の上で巨大弩や魔法を放っていた魔族たちは、足元の城砦が突然焼失したため、あえなく転落。

ここにきて魔王軍は、鉄壁を誇る守りを失ってしまった。

ついに人類は、これまでの虐げられていた運命から、己の尊厳を取り戻すときが来たのである。

そして……。

○○○○○

――ドイツ・ベルリン

朝。

いつものように愛犬であるサモエド犬のチャーリーを散歩に連れ出していたモニカ・エーデルシュタイン（八歳）は、突然立ち止まって周囲を見渡し始めたチャーリーのリードを軽く引っぱった。

「ねえ、チャーリー。まだおうちじゃありませんよ。早く戻らないと、朝食に間に合わなくなくなっちゃいますよ‼」

グイグイッと力を込めてリードを引っぱっても、チャーリーはその場から一歩も動かない。

お座りの姿勢を取り、口をポカーンと開けたまま、周囲をじっと見回していた。

………

……

…

（こ、ここはどこだ……いや、この場所なら、我はよく知っている。そこの角を曲がればいつも露店でにぎわっている公園、そのまままっすぐに進んだらマウアーガルデンの蚤の市が開かれている場所がある……まさか、ここは地球なのか？）

突然、目の前に広がった光景に、我は動揺を隠せない。

我は誰だ？　いや、分かっている。

我は魔王アンドレスだ。

元地球人で、ドイツのベルリンに住んでいた。

そう、中等教育機関《ギムナジウム》の成績は中の上、入学資格試験《アビトゥーア》も悪くなかったはず。

ただ、美術大学は倍率が高く、我は入学申請時に提出した資格証書《アビツォイグニス》が規定に達していなかったため、待機期間に振り当てられてしまった。それでも、祖国ドイツの制度としては、待機期間が終われば入学できる。

その日を夢見つつ、我は画家として大成するために勉強を続けていた。

そしてある日、いつものように公園で似顔絵を描いていた時、ふらふらとやってきたジャンキーにナイフで刺し殺された。

そののち、我は邪神に魂を引き抜かれ、そして異世界に魔王として転生したのである。

我が知る最後の光景は、帝城ジャガーノーヴァ最上階にある儀式の間、そこで四人の勇者と対峙し、必死に抵抗を続けていたものの……最後は勇者スティーブの奥義の前に敗れ去った……。

そして肉体から魂が引き抜かれると、大魔導師・キサラギが所持していた一振りの剣の中に魂が封じ込まれた挙句、『神々の縛鎖』という禁呪によって永久封印されたはず。

だが、突然、目の前がまぶしく輝いたと思ったら、見知ったベルリンの光景が広がっているではないか。


(まさか……我は、地球人に転生したのか……)


ゆっくりと目を閉じて、自分の身体について調べてみる。

幸いなことに、地球の大気は希薄ながらも魔素を含んでいる。

しかし、この新しい体は魔族のものではないため、魔力を生み出す魔生器官は存在していない。

だが、そんなもの後付けでどうとでもできる。

今はまず、自分がどのような状態なのかを確認する必要がある。

「ねえ、早く帰らないと、朝ごはんに間にあわないよ？　モニカちゃん、もうお腹が減ったのよ？」

ん？

なんだこの女、いや少女は。

我の顔を見下ろすような視線、随分と背がでかいじゃないか。

地球人にしては巨大な女だ……って、待て待て、後ろの風景、サイズがおかしくないか？

全体的に高くて大きい……って、まさかだろ？

――ポフポフッ
うん。我の顔、実に毛深い。

そして我が手には、少し硬めの毛並みが綺麗な肉球がある。

うん、真っ白で艶々とした毛並みが綺麗ではないか。

「ワンワンワンワンワンワン（嘘だろ！　俺は犬になったのか!!）」

思わず叫んでしまったが、どうやら言葉を発することができないようだ。

いや、正確にはドイツ語が話せない、そしてさっきからワンワンと叫んでいるように聞こえるんだが、本当に俺は犬になってしまったのか……。

「ねぇ、さっきから何に吠えているの？　今日はこのあたりには、チャーリー以外には犬や猫はいないよ？　それよりも、早く帰ろうよぉ……」

――グイッグイッ
くっそ、この女……の子、さっきから我の首に繋がっているリードを引っ張りやがる。

我について来いっていうのか、この魔王アンドレスに向かって……。

いや、ちょっと待て、今がどの時代なのか、世界情勢はどうなっているのか、それを知る必要がある。

それならいっそ、この少女についていき、この地球についていろいろと調べてやることにしようじゃないか。そうして情報を得た後は、ゆっくりと今後の事を考えさせてもらうさ……。

――スゥゥゥゥゥッ
うん、微小ながらも、大気からは魔素を感じる。

これならいける。

「バウワウ、ババウワウ（アイテムボックス！）」

うん、駄目だ。

空間魔法を発動することもできないか。

まだ魔素が足りない、なんとしても俺の体内に魔素を集め、魔力を回復しなくてはならない。

まずはそう、この空腹をどうにかしなくてはならないな……。

「ねぇ、もう帰ろうよぉ」

「バウワウ（よかろう）」

――スッ
うん、しっかりと立ち上がってみるが、やっぱりこの肉体は犬のようだな。

この視点から察するに大型犬、体毛の色と長さを考えると、ラブラドルレトリバー、もしくはサモエドというところか。

よかろう、モニカよ、貴様を我の世話係に任命する。

今しばらく、我が魔力を取り戻すまでは、その命を活かしてやろうではないか!!

「ワフッワフッワフワフッ（はーーーーっはっはっはっはっはっ）」

「うわ、チャーリィ、さっきまではなんとなくご機嫌斜めだったのに、今はすっごい元気だね。それじゃあ、帰ろう?」

「ワフッ（よかろう。案内するがよい）」

そのまま我は、モニカとやらに連れられて家路を急ぐことにした。

しっかし、この道といいこの風景といい。

我が住んでいた街並みにそっくりではないか。

ほら、あそこの角を曲がったところにある安アパート、あそこが我の家だったところだ。

若くして天才画家でもあった我は、そこで仲間たちと共に芸術の何たるかについて日夜議論を続けていたものだ。

アルバイトのない休日など、この公園にやって来ては似顔絵を描いて日銭を稼ぎ、どうにか三食食べられていたものだよ。

来年こそは待機期間が終わり、大学に入学できると、我が野望は燃えていたのである。

うんうん。

思い出したら、腹が立ってくる。

そう、ここだ、この角の先の……。

――ガガガガガガッ
ない。

我の青春であったアパートがない。

いや。目の前の瓦礫、これってまさかアパートだったものなのか？

アパートが解体中ではないか！

「クゥゥゥゥゥン（嘘だろぉぉぉぉぉ!!）」

「うわ、どうしたのチャーリィ。ここで立ち止まったらだめだよ。ほら、アパートの解体の邪魔になるでしょう？」

「ワフンワフン（なんでだ、なんでだぁぁぁぁ）」

くっそ、一体どこの誰が、我の青春の群像その一であったアパートを破壊した。

どこのどいつだ、絶対に許さない。

「ほらほら、もう少しでおうちに帰れるんだから、早く急がないと」

「ワッフワッフ（ちっ……仕方がないか）」

そのまま我は、モニカと共に家路を急いだ。

我が住んでいたアパートから二ブロック先にある大きな一軒家、そこがモニカの家である。

そして我は家にいれられると、そのまま自分の小屋のある場所まですたすたと歩いていく。

うむ、この体に染みついている記憶、これは意外と便利なものだ。

目を閉じて意識の中を探ってみると、この体の元々の持ち主であったチャーリーの記憶、感情が鮮明に蘇ってくるではないか。

「チャーリー、あまりモニカを困らせちゃあ駄目よ。はい、ゴハンよ、ここに置いておくからね」

ちょっと年上の女性が、我の小屋の横に食事を置いていった。

恰幅のいい、三十代前半というところであろう。

そして向こうの部屋、リビングでテレビを見ながら食事をとっている髭を蓄えた男性が、この屋敷の主人というところか。

まったく、いい生活をしていやがる。

俺が生きていたころは、いつかこんな生活が送れるようになってやるって死に物狂いで頑張っていたからなぁ。

ああ、懐かしいな。

あの時一緒に頑張っていた奴らは、今はどこで何をしているんだろうか……って、そんな感傷に浸っている場合じゃない。

空腹なんだよ、我は。

それで、目の前の銀の皿に乗っかっているのは、どこをどう見てもドッグフードだよな？

「……ワフッ？（なんで俺がドッグフードを？）」

ふざけるなよ。

我は、異世界では魔王として君臨していた男だぞ。

それが転生したとはいえ、どうして犬畜生の食べ物を喜んで食べなくてはならんのだ。

みろ、このおいしそうなドッグフードを。

体調を考慮した低脂肪食品、この薫りは鶏肉を使っているのか。

ふん、ペレットのようなカリカリしたものを差し出さなくてよかったな。

もしも、そのようなお粗末な食事を出していたら。

今頃、貴様らは我が魔術により生み出された爆炎に纏わりつかれて、焼死しているところだぞ。

まったく……うん、意外といけるではないか。

それにこの水だって、常に綺麗な水が注がれるように電動式の給水機を使っているのか。

うん、悪くはないが、ちょっと物足りないな。

「あ、チャーリー、もう食べ終わったの？」

「バウワウ（ちょっと物足りないが、良い味であった）」

「もっと食べたいでしょ？　でもね、ママが間食は禁止っていつも言っているよね……でもね」

――ソッ
モニカは服のポットから、ソーセージを取り出して我の目の前に差し出してきた。

ふむ、それは貴様の食事であろうが、まったく困ったやつだ。

仕方がない、ありがたく食べてやるとするか。

しかし、いつまでもこの姿というわけにはいくまい。

とっとと魔力を取り戻して、今一度、この世界をわが物としなくてはならないな……。

○○○○○

我が地球のサモエドに転生して、まもなく一か月が経過しようとしている。

この間にも、我は様々な活動を行っていた。

モニカは毎朝幼稚園に向かい、そしてそのあとで両親も仕事に出かける。

我は自宅で留守番を仰せつかっているのだが、これが実に都合がいい。

――ポチッ
ソファーに腰かけてテレビのニュースを眺める。

最近では二足歩行にも慣れたものであり、家族のまえ以外では、こうやって人間のような生活を送っている。

今はとにかく、情報が必要。

一つでも多く、我が死んだ後のこの世界の情報を得ることが必要なのだ。

魔素の浸透率も高まり、今はゆっくりと体内に魔導器官が形成され始めている。

「この調子なら、あと二週間で魔導器官が定着するか……そうすれば、この家からはおさらばだ。それまで、せいぜい利用させてもらうさ」

傍らにおいてある銀皿からカリカリを口の中に放り込む。

このガリッバリッとした歯触りが、最近では心地よい。

そしてのんびりと世界情勢を報じるニュース番組を見ていたのだが、アメリカのニュースを見た瞬間、我は背筋に冷たいものが走った。

『国際異邦人機関に登録されている異邦人《フォーリナー》のスティーブ・ギャレット氏が、バチカン市国を訪問。もうひとりの異邦人《フォーリナー》である聖女・ヨハンナと謁見を……』

ワナワナワナワナ
体が震える。

体内に熱い怒りの感情が沸き上がった。

「ふ、ふざけるな、どうしてこの世界に勇者がいるのだ!!　それも勇者だけではなく聖女もいるだと？　貴様らは我を封印したのち、あっちの世界で英雄となったのではなかったのか？　どうして地球に帰ってきているのだ、しかも我の住んでいるこの世界に……」

この日から、我は勇者たちについて一つでも多くの情報を得ようとした。

テレビのニュースだけでなく、父親が使っているパソコンを使ってインターネットも利用した。

我が学生時代、手に入れようとして手に入れられなかったパソコン。

大学に受かったらいつか買ってやろうと考えていた。

大学にさえ入れれば、学費などほぼ皆無だが、それまでは生きる糧を得るために必要。

そのために近所の公園で似顔絵も書いた、風景画だって誰にも負けてはいない、看板書きのアルバイトもやっていた。

そんなぎりぎりの生活だったから、パソコンなんて使いこなす自信はなかった。

だから、モニカの父親が使っているとき、わざと甘えるように近づいてパスワードや操作方法も盗み見て覚えた。

そして、この世界のすべてを知った。

「……そうか。勇者スティーブ、重騎士スマングル、聖女ミランダが存在する世界か。いや、このままでは、あの大魔導師キサラギも姿を現すに違いない。急げ、急いで本来の力を手に入れて、奴らを出し抜かなくてはならない……」

この日から、我は活動を開始した。

昼間はこの家のペット、チャーリーとして生活。

そして夜、家族が寝静まったあとは家の外に出て、周囲の自然から魔素を集める。

そうしてさらに一月後、我は魔王としての力を完全に取り戻すことに成功した。

アイテムボックスも利用可能となり、万が一のことを考えて収納してあった予備の装備もなにもかも、取り戻すことができた。

だが。

「……くくくっ。足りない。まだ足りぬ……そう、我に従い、共に戦う同志が……」

この地球では、我は一人ぼっち。

かつての部下も、我が四天王も、この世界には存在しない。

「いや……待て。我だけが奇跡的に転生したのではないと考えれば？」

必要なのは、魂への語り掛け。

幸いなことに、四天王すべての魔力波長は網羅している。

それならば我は魔術を用いて、今一度、彼らに語り掛ければよいのではないか?

そしてもしも連絡が取れたならば……。

「くっくっくっくっ……この地球を、我が魔族の第二の故郷とするだけ。邪魔な人間共は皆殺しだ、魔族の楽園をこの世界に作って見せる……」

ふっふっふっ。

ま、まあ、モニカは殺すのを許してやろう。

そしてモニカの両親は、殺してしまうとモニカが悲しむので許してやろうではないか。

そしてこの土地は我が故郷。

それが瓦礫となるのは見るに堪えない、ここも残すとしよう。

さて、愚かな人類共よ、待っていろ。

魔王アンドレスがこの世界のすべてを……この街を除く……いや、ドイツを除く全てを蹂躙してやろうではないか。

モニカが悲しむ顔だけは、見たくはないからなぁ。

あとがき

はいっ！　始めまして。

『エアボーンウイッチ』著者の、呑兵衛和尚です。

いずみノベルズから二シリーズ目の出版という事で、おいちゃんはか～な～り、動揺しております。

この場を借りて、書籍化の打診を頂いたいずみノベルズさまに、厚く御礼申し上げます。

そして、イラスト担当の七六先生、かなり無茶なイラスト指定で誠に申し訳ありません有難うございました。

また次回も無茶言いますけれど許してください、多分無茶しか言いません。


さて、あとがきですよ、あとがき。

まずは……Ｗｅｂ版載を書籍することにともなって、タイトルが『空挺ハニー～異世界帰りの魔導師は、空を飛びたいから第一空挺団に所属しました～』から『エアボーンウイッチ①　異世界帰りの魔導師は第一空挺団に所属しました』に変更しています。

うん、格好いい。

では某『ネット通販から～』から恒例の、一巻の簡単な出来事の解説など。

一巻のコンセプトは『帰還と第一空挺団』です。

見りゃわかるだろって、ああっ、石を投げないでください。

第一巻は全ての物語の始まり。主人公である如月弥生が異世界から帰還し、大空に憧れつつ、その目的を果たすために、何故か陸上自衛隊第一空挺団に所属というところから物語は始まりました。

そして空挺団隊員としての生活に慣れてきたころに発生した、新宿大空洞事件。

その正体は、突然発生した異世界型のダンジョン。

如月弥生は、このダンジョンの調査中に魔王と邂逅する。

果たして弥生たちの運命や、如何に。

もう本文をご覧の皆さんはご存じの通り、最初からチート全開、勇者チームの再始動とダンジョン攻略戦と見どころが満載です。

うん、今シリーズも見どころ盛り沢山ですなぁ。

ちなみにですが、私はミリタリー全般に詳しいわけではないので、かなり細かい部分まで調べまくって書いたつもりではいます。ですがやはりツッコミどころ満載かと思いますので、どうしても気になった方はXの私のアドレスまでご連絡いただけると幸いです。

『呑兵衛和尚』で検索すると出て来ますので……出てくるよね？


ということで……あとは本文をご覧いただきまして、今回の締めとさせていただきます。

なお、第二巻はＦｏｒｔｈ Ｍｉｓｓｉｏｎからのスタート、Ｗｅｂ版をご覧の皆さまはご存じの、海洋編と密林編の二つのストーリーでお送りします。

ん、あと一つ、死都奪還編もいくかも、いきそうかなぁ、いくよなぁ。

さて、一巻の表紙を飾ったのはご存じこの作品の主人公・如月弥生ちゃん。

七六先生の描いた、力強く凛々しく飛んでいる弥生ちゃんをご堪能ください。

私の作品、いつも魔法の箒が出てくるなぁと思った方も多いかと思います。

はい、趣味です。現代世界で魔法の箒って、浪漫溢れるじゃないですか。

それでは、次巻でまたお会いしましょう。

Ｗｅｂ連載中の『空挺ハニー』ともども、よろしくお願いします。

さよなら、さよなら……さよなら。

二〇二四年九月　呑兵衛和尚

著者紹介

呑兵衛和尚（のんべえおしょう）

1967年、札幌生まれ。ライトノベル作家・ゲームデザイナー。TRPG『退魔戦記』『ギャラクティィックアーク』等のメインデザイナーを務める。『小説家になろう』にて、『ネット通販から始まる、現代の魔術師』『異世界ライフの楽しみ方』を連載中。既刊に【ネット通販から始まる、現代の魔術師（いずみノベルズ刊）】【型録通販から始まる、追放令嬢のスローライフ（アルファポリス刊）】がある。げっ歯類をこよなく愛する。

イラストレーター紹介

七六（ななろく）

漫画家・イラストレーター。「絶対に働きたくないダンジョンマスターが惰眠をむさぼるまで」コミカライズ連載中。画集「Panzermaedchen-装甲少女」、「MC☆あくしず」擬人化イラスト、「リトルアーモリー」パッケージイラスト、「Z/X -Zillions of enemy X」「ビルディバイド」「バトルスピリッツ　ディーバ」等カードゲームイラスト、「千年戦争アイギス」「御城プロジェクト」ゲーム向けのイラストなど幅広く活動中。ジト目と猫が好き。

◎本書スタッフ
デザイン：浅子 いずみ
編集協力：深水 央
ディレクター：栗原 翔

●著者、イラストレーターへのメッセージについて
呑兵衛和尚先生、七六先生への応援メッセージは、「いずみノベルズ」Webサイトの各作品ページよりお送りください。URLはhttps://izuminovels.jp/です。ファンレターは、株式会社インプレス・NextPublishing推進室「いずみノベルズ」係宛にお送りください。

izuminovels.jp

●底本について
本書籍は、『小説家になろう』に掲載したものを底本とし、加筆修正等を行ったものです。『小説家になろう』は、株式会社ヒナプロジェクトの登録商標です。

●本書の内容についてのお問い合わせ先
株式会社インプレス
インプレス NextPublishing　メール窓口
np-info@impress.co.jp
お問い合わせの際は、書名、ISBN、お名前、お電話番号、メールアドレス に加えて、「該当するページ」と「具体的なご質問内容」「お使いの動作環境」を必ずご明記ください。なお、本書の範囲を超えるご質問にはお答えできないのでご了承ください。
電話やFAXでのご質問には対応しておりません。また、封書でのお問い合わせは回答までに日数をいただく場合があります。あらかじめご了承ください。

●落丁・乱丁本はお手数ですが、インプレスカスタマーセンターまでお送りください。送料弊社負担に てお取り替えさせていただきます。但し、古書店で購入されたものについてはお取り替えできません。
■読者の窓口
インプレスカスタマーセンター
〒 101-0051
東京都千代田区神田神保町一丁目 105番地
info@impress.co.jp

いずみノベルズ
エアボーンウイッチ①
異世界帰りの魔導師は、第1空挺団に所属しました。

2024年9月27日　初版発行Ver.1.0（PDF版）

著　者　呑兵衛和尚
編集人　山城 敬
企画・編集　合同会社技術の泉出版
発行人　高橋 隆志
発　行　インプレス NextPublishing
〒101-0051
東京都千代田区神田神保町一丁目105番地
https://nextpublishing.jp/
販　売　株式会社インプレス
〒101-0051　東京都千代田区神田神保町一丁目105番地

印刷・製本　京葉流通倉庫株式会社
Printed in Japan

ISBN978-4-295-60307-8

NextPublishing®
●インプレス NextPublishingは、株式会社インプレスR&Dが開発したデジタルファースト型の出版モデルを承継し、幅広い出版企画を電子書籍+オンデマンドによりスピーディで持続可能な形で実現しています。https://nextpublishing.jp/